KB136011

어른은
겁이
많다

상처받지 않으려 애써 본심을 감추는

어른은 겁이 많다

초판 1쇄 발행 2015년 3월 20일
초판 14쇄 발행 2020년 6월 8일

펴낸이 유정연

편집장 장보금
기획편집 백지선 신성식 조현주 김수진 김경애 **디자인** 안수진 김소진
마케팅 임충진 임우열 이다영 박중혁 **제작** 임정호 **경영지원** 박소영

펴낸곳 흐름출판(주) **출판등록** 제313-2003-199호(2003년 5월 28일)
주소 서울시 마포구 월드컵북로5길 48-9(서교동)
전화 (02)325-4944 **팩스** (02)325-4945 **이메일** book@hbooks.co.kr
홈페이지 http://www.hbooks.co.kr **블로그** blog.naver.com/nextwave7
출력·인쇄·제본 (주)상지사 **용지** 월드페이퍼(주) **후가공** (주)이지앤비(특허 제10-1081185호)

ISBN 978-89-6596-147-5 03810

이 도서의 국립중앙도서관 출판시도서목록(CIP)은 e-CIP홈페이지(http://www.nl.go.kr/ecip)와 국가자료공동목록시스템
(http://www.nl.go.kr/kolisnet)에서 이용하실 수 있습니다. (CIP제어번호 : CIP2015007500)

상처받지 않으려 애써 본심을 감추는

어른은 겁이 많다

손씨 지음

my

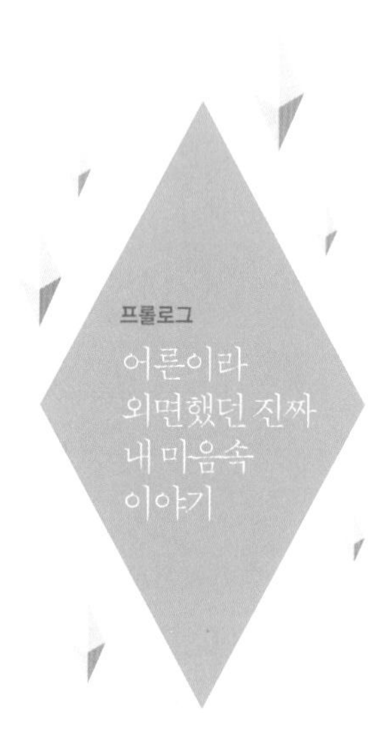

10대에는 참 많은 꿈을 꾸었습니다.
의사가 되고 싶었고, 소방관이 되고 싶었고, 우주에도 한번 가보고 싶었습니다. 20대가 되어서는 음악을 하고 싶었고, 대기업에도 들어가고 싶었습니다. 하지만 그 모든 것들은 쉽게 이룰 수 없다는 걸 알게 되었습니다. 아니, 그 꿈을 이루기 위해서는 많은 노력과 지원이 필요하다는 걸 깨달았습니다. 저는 그런 노력을 할 만큼 그 꿈이 소중하지 않았기에 다른 길을 갔습니다. 어른이 되니 이제 제 꿈은 좀 더 현실적으로 변해갔고, 목표도 현실에 맞게 변했습니다.
그렇게 점점 어른이 되어 가니 멀리 볼 수 있게 되었고, 멀리 보게 되니 넘어야 할 장애물이 하나둘 보이기 시작했습니다. 앞으로 겪어야 할 아픔과 상처가 보이기 시작하니 나아가기가 겁이 났습니다.

그래서 어른은 겁이 많은 것 같습니다.
어릴 때 무서워하던 건 귀신이나 엄마의 회초리였는데, 지금은 아직 일어나지 않은 일들을 미리 상상하고 그것을 무서워하다니…. 참 바보 같습니다.

그래서 어른은 사랑을 하려고 하는 것 같습니다.
장애물을 뛰어넘기 위해서는 함께 가야 하는 사람이 절실히 필요하니까요. 하지만 그 사랑에서도 미리 걱정하고 상처받지 않기 위해서 속마음을 숨기죠.
결국 우리는 상처받지 않기 위해 애써 본심을 감추며 가면을 쓰고 살고 있습니다. 친구의 성공에 질투가 나지만 축하해주고, 어설픈 이유를 들어 연인과 헤어지고, 직장상사에게 마음에도 없는 아부를 하고, 또 나의 이익을 위해 양심을 속이는 행동을 하고….
비겁한 행동이지만 어쩌면 삶을 살아가는 데 있어서 현명한 방법인지도 모르겠습니다. 어떤 이는 이런 과정들을 통해 진짜 어른으로 성장한다고 말하지만, 저는 점점 죄의식 없이 무덤덤해져가는 비겁한 제 모습을 보는 게 힘들었습니다.

그래서 입 밖으로 꺼내기 어려웠던 나와 내 친구의 이야기, 그리고 연인 사이의 본심을 글로 담았습니다. 이 글을 보면서 한번쯤 이런 생각을 해봤으면 합니다. 솔직하게 말하지 못하고 후회한 일이 있는지, 또는 너무 솔직하게 말해서 다른 사람에게 상처를 주진 않았는지, 이도 아니면 상처가 깊어 누구와도 소통을 하지 못하고 있는 건 아닌지….
이 책을 빌려 당신이 당신의 마음에 솔직해지길 바랍니다.

목
차

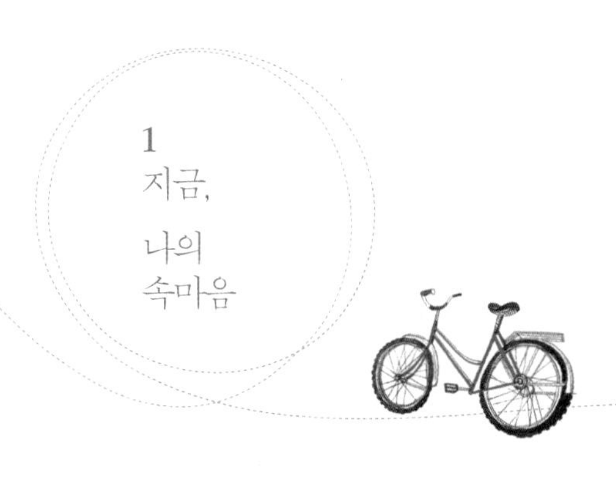

1
지금,
나의
속마음

LONELY
HAPPY~
ALONE
LoVE
HEART

2
사랑할 때, 그날의 속마음

3
이별 후, 당신의 속마음

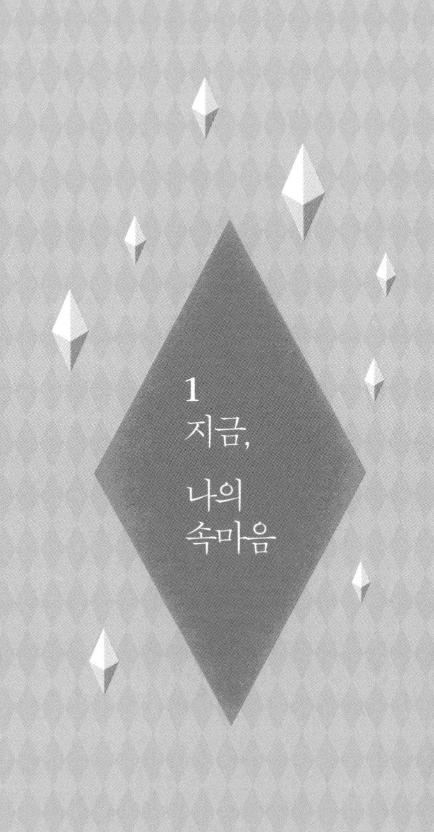

1 지금, 나의 속마음

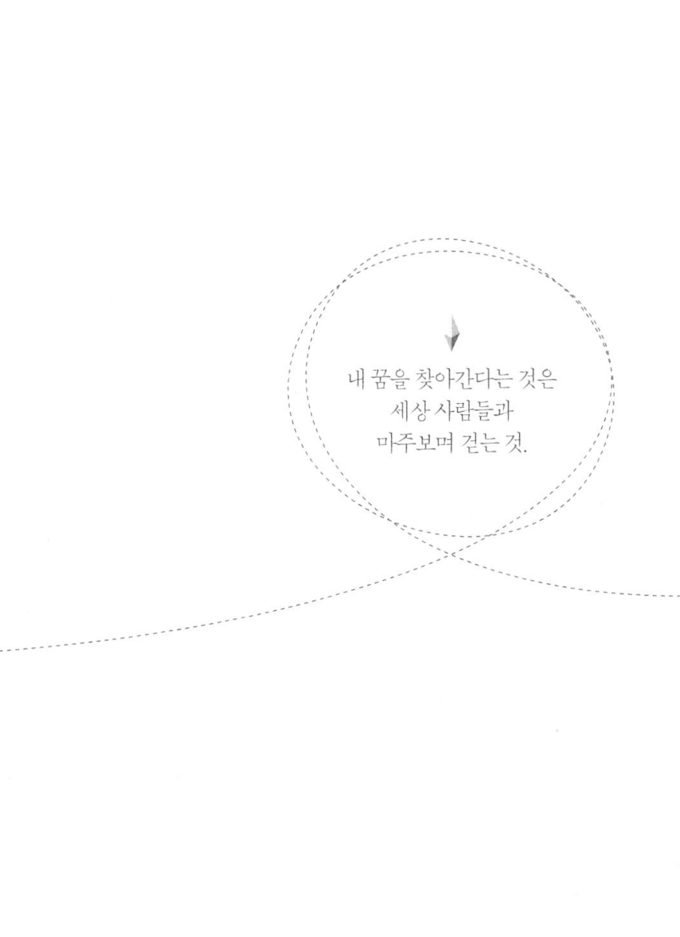
내 꿈을 찾아간다는 것은
세상 사람들과
마주보며 걷는 것.

꿈이 뭐니?

누군가 꿈을 물어보면
거창한 걸 말하려 애쓰지 않아도 된다.

너무 작은 꿈을 말하면
포부도 없는 사람으로 여길까 하는 생각에
일부러 큰 꿈을 말할 필요는 없다.

소박하고 작은 꿈일수록
꿈에 가장 가까운 사람이니까.

#느리게 느 리 게

음악을 들으며 집에 가는 길.
좋아하는 곡이 끊어지는 게 아쉬워
한 걸음 한 걸음을 세며 천천히 걸었다.

조카의 손을 잡고 걸을 때
조카의 걸음에 맞춰 걷거나

할머니와 산책 나가
내가 지팡이가 되어 드릴 때나

여자친구 집 앞에 다다라
헤어지기 아쉬워 반보씩 걸을 때.

그때는
천천히 걷는 게 좋다.
아니, 느리면 느릴수록 좋다.
사실 시간이 멈췄으면 좋겠다는 생각을 했다.

어쩌면 삶이란
관심 없는 장르의
영화를 보는 것과 같다.

싫지만 보면 나름 괜찮은….

다시
돌려볼 순 없다

로또 되면 퇴사

출근하면 "좋은 아침!"이라고 인사하는데
사실 좋은 아침은 없다.
좋은 아침이라고 스스로 주문을 걸 뿐이지.

사회생활은 그런 것 같다.
스스로 주문을 걸고
그 주문이 통하길 바라는 것.

현실은 매번 실패하는 로또와 같지만
"오늘은 뭔가 다를 거야."라며 또 긁는 건
내가 처한 현실이 괴로워서 그러는 것 아닐까?

아마도 우리가 무의식적으로
"좋은 아침!"이라고 하는 건,
반복되는 삶에서 터득한
한 가지 생존 방법일지도 모르겠다.

그래서 오늘도 인사를 한다.

"좋은 아침!"

#괜찮아, 울어도 돼

가끔 이유 없이 마음이 무너질 때가 있다.
퇴근길 집에 도착해 문을 열었는데,
귀에 꽂은 이어폰에서 흘러나오는 노랫소리에 울컥해
침대에 엎드려 엉엉 울어버릴 때가 있다.
그렇게 한참을 울고 나면 후련해지기도 하고,
괜스레 민망해지기도 한다.
그러고는 아무렇지도 않게 샤워를 하고,
밥을 먹고, TV를 보며 낄낄거린다.

딱히 이유가 있어 운 것이 아니다.
굳이 이유를 꼽자면,
내가 지금 잘 살고 있는지 의심이 든 것일 수도 있고,
외로운 것일 수도 있고,
사회생활이 두려워 그런 것일 수도 있고,
배가 고파서일 수도 있다.
이렇게 살면서 울 일이 없으니,
눈물이 나오는지 시험을 해보고 싶었는지도 모르겠다.

이도 아니면 마음에 눈물을 묻혀
말라서 쩍쩍 갈라진 점토 같은 마음을
무르게 만들고 싶은 것인지도.

바보 같지만 가끔 그럴 때가 있다.
이유 없이 마음이 무너질 때가 있다.

누군가 말해줬으면 좋겠다.
나만 이러는 게 아니라고.

어쩌면 인생은
세상에 나를 맞추느냐
세상을 나에게 맞추느냐에 대한
끝없는 싸움인 것 같다.

나는 기권

초기화

SNS를 하다 보면 다들 행복해 보인다.
나 혼자만 불행한 것 같아
즐거운 사진만 올리는 친구를 삭제해버린 적이 있다.

한동안 멈췄던 SNS을 다시 들어가
내 사진첩을 보니 내가 전부 웃고 있더라.
이때가 언제였나 싶어 곰곰이 생각해보니
집안 문제로 꽤나 힘들었을 때였다.

힘들었어도 굳이 울면서 찍을 이유는 없었다.
그제서야 아무런 죄도 없는 친구를 미워했다는 사실을 알았다.

실제로 SNS를 하면 할수록 불행해진다고 한다.
다들 행복한데,
나만 불행한 것 같아서.

그러나 비교하지 않고 살기란 쉽지 않다.
혼자서는 살 수 없는 세상인데,
남이 행복하면 내가 불행하다니.
참 아이러니하다.

어차피 지나간다

어쩌면 삶이란 그런 것 같다.

영원할 것 같았던 20대도
가족보다 소중했던 친구도
마지막일 것 같던 사랑도
끝나지 않을 것 같던 시련도

어차피 사라지고 지나가더라.
그러니까 지금 너무 낙심하지 말기를….

속다,
믿다

얼마나 많은 사람에게 데어야 속지 않을까.
그건 불가능한 일인지도 모르겠다.

우린 또 거짓인 줄 알면서,
이번에는 진심일 거라 믿어버리니까.

내일은 마동석 연기

이제 남 욕을 포장해서
그럴싸하게 돌려 말하고,
화낼 상황에도
웃고 있는 나를 보면서
연기자로 직업을 바꾸면
연기대상 정도는 받을 것 같다는 생각이 들었다.

회사 내 직원들은
신스틸러가 되려 안달이고,
드라마의 가녀린 주인공처럼
착한 척하기엔
우리 사회는 악역이 잘 나가는 불공평한 나라다.

내일은 어떤 연기를 해야 될까?

연기가 늘어가는 만큼
배역이 늘어나는 만큼
딱 그만큼씩 날 잃어간다.

그것은 명함

#어른은 겁이 많다

어른이 되면 더 많은 걸
이해할 거라 생각했는데,
나이를 먹으면 먹을수록
연애는 빨리 끝났다.
아니, 시작도 못하는 경우가 많아졌다.

어떤 사람은 말이 많았고,
어떤 사람은 말이 없었고,
어떤 사람은 꿈이 너무 거창했고,
어떤 사람은 나보다 연봉이 너무 높았고,
어떤 사람은 집안이 너무 잘 살았고,
어떤 사람은 너무 개인적이라
나를 감싸줄만한 따뜻함이 없더라.

나와 비슷한 사람이 필요할 뿐인데….

어른이 되니 보이지 않던 게 보였고,
멀리 보게 되니 다가가는 게 겁났다.

파리는 첫사랑이다

파리행 비행기 티켓을 예매하고,
그 화면을 캡처해서 바탕화면으로 지정해둔다.
그렇게 출발일이 지나면,
또다시 파리행 비행기 티켓을 예매하고 캡처한 뒤
바탕화면을 바꾼다.

그렇게 5년이란 시간이 흘렀거늘
아직까지 파리행 비행기에 오르지 못했다.

돈이 없어서인 것도 큰 이유 중 하나지만
지금 나에게 여행은
사치가 아닐까 하는 마음이 가장 컸다.

책이나 TV에서는
여행은 마음의 휴식이라며 떠나길 권하는데,
사실상 여행이라는 것은
의식주의 문제가 없을 때 가능한 것이기 때문에
한 달 벌어 한 달 사는 청춘들에겐 맘 편한 소리로 들린다.

1년 전,
4년 동안 파리행을 꿈꾸며 모은 돈이 있었다.
약 600만 원을 여행경비로 모았다.
여행 일정에 맞춰서 진행했다면,
난 기다리던 파리로 가서 서투른 영어로 숙소를 찾고,
에펠탑을 바라보며 맥주를 마시고
술보단 파리의 분위기에 취해 밤을 지새웠을 터이다.

그런데 예상치 못한 문제가 생겨
모은 돈을 몽땅 써야 했다.

아쉽진 않다.
나 말고도 더 어려운 사람들이 많으니….
다만 한 가지 아쉬운 건,
여행을 못 가서가 아니라
여행을 포기한 순간 마음이 편했다는 사실이다.

아마 그건 경쟁만을 하며 살아와
쉬면 죄를 짓는 기분과,
배우지 않으면 뒤처진다는 강박관념 때문이지 않을까?
그래도 지금 책상 앞에 앉아
다시 파리를 꿈꿀 수 있으니 그걸로 됐다.

가지 않았으니 실망할리 없고,
가지 않았으니 더 멋진 파리를 상상할 수 있다.

너무 힘들면

살다 보니
힘든 상황을 억지로 견디는 것도
좋은 방법은 아니라는 생각이 들었다.

참고 견뎌서 좋은 결과를 얻는 경우도 있지만,
힘든 과정 속에서 받은 상처들이
가슴속에 오래 남아 나를 괴롭히기도 한다.

아픈 만큼 성숙해질 수도 있지만
또 상처받을까 하는 두려운 마음에
도전을 못하는 경우도 많다.

그래서 나는 이렇게 말하고 싶다.
지금 내가 하고 있는 일이
너무 견디기 힘들면 그냥 포기하라고.

꼭 내가 책임을 지고
무엇을 바꾸거나 고치려 하지 말고
나를 좀 더 아끼고 보호하라고.

기다림 속에는 희망이 있다.

그 희망이 이뤄져
잠들어 꿈꾸고 있던
날 깨워 품에 안고,

"참 오래 기다렸다."
"이제 사랑만 하자."
라고 말해줬으면 좋겠다.

백설공주

이미 어른이 되었나보다

20년을 아이로 살다,
어른이 된 지 10년.

아직도 어른보다 어린아이로
살아온 세월이 더 길어
넥타이를 매는 손짓이 아직도 서툰데….
언제쯤이면 능숙하게 넥타이를 맬 수 있을까?

중학생 때는 수염이 나면
어른이 되는 줄 알았고,

고등학생 때는 술과 담배를 하면
어른이 되는 줄 알았고,

대학생이 되어서는 여자랑 자면
어른이 되는 줄 알았다.

지금 생각으로는
결혼해서 아이를 가지면
어른이 될 것 같은데
그때도 어른이 되기엔 아직 멀었다고 생각할까?

아마 어른이 되었단 건

'아닌 걸 아니라고 말하지 못할 때'

'하고 싶은 일 보다, 해야 하는 일을 하며 살아야 할 때'가

아닐까?

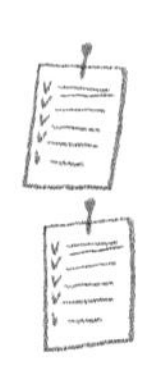

우린 나보다 못난 사람을 보고 용기를 얻는다.

클럽에 갔는데 나보다 못생긴 사람이 있거나,
혼자 밥 먹으러 갔는데 이미 혼자 온 사람이 있으면
괜히 마음이 편해진다.

또는 입사 동기가 나보다 일을 못하거나,
운전면허 시험장에서 "벌써 세 번째야."라는
소리가 들려올 때도.

이렇게 우린 나보다 못나 보이는 사람을 통해서
자신감을 얻거나 다시 도전할 용기를 얻는다.

그러니 못난 사람 무시하지 말고
잘난 사람만 곁에 두려 하지 말자.

혹시 알아?
너를 보고 용기 얻는 사람이 있을지?

넌
못나지
않아

친구는

친구가 좋은 이유.

고민이 있을 때,
혼자 고민하면 암울한 답이 나오지만
친구와 고민하면 유쾌한 답이 나온다.

정답은 아니지만,
정답 이상의 결과를 가져올 때가 많다.

고민이 있을 때,
혼자 고민하면 암울한 답이 나오지만
친구와 고민하면 유쾌한 답이 나온다.

해답을 찾아주지 않지만
무식한 용기를 준다.

필요하지만 필요하지 않은

내가 일곱 살 때쯤인가? 우리 가족은 아파트로 이사를 갔다.
아버지는 얼마나 좋으셨는지 집 앞 벤치에 앉아 베란다를
한참을 바라보셨다.
이사를 하면서 우리 가족은 규칙을 하나 정했다.
현관 벨을 '띵동! 띵동! 띵동!' 세 번 누르기로.

우리 가족은 마법 같이 띵동 소리가 세 번 울리면
하던 행동을 멈추고 문을 열었다.
그러고는 뭘 들고 왔는지, 그 안에는 뭐가 들어 있는지
목을 쭉 내밀고 살펴보기도 하고,
기분은 어떤지 얼굴 표정을 살피기도 했다.
가족 중에 안 좋은 일이 있을 때는
띵동 소리가 세 번 울리길 다함께 기다렸다.

어느 날, 우리 집 낡은 현관에 어울리지 않은
아이언맨 얼굴 같은 물건이 달려 있었다.
이름도 생소했다. '디지털도어락'이란다.
아버지가 열쇠를 놓고 출근을 하셨는데,
집 안에 문을 열어줄 이가 아무도 없어
현대식 도어락으로 바꾸셨단다.

그 뒤로 우리 가족은 문 앞에 나가 맞이하지 않게 되었다.
처음에는 문이 열리면 바로 달려 나갔는데,
어느 날부턴가 엄마는 하던 요리를, 누나는 하던 공부를,
나 또한 하던 일을 계속 했다.

어느새 우리집에서는 '띵동' 소리가 울리지 않았다.
'띵동' 소리가 들리면 하던 일을 멈추고
좋든 싫든 얼굴을 봐야 했는데,
이제는 그러지 않았다.

우리 가족은 벨을 누르던 그때가 더 행복했다.

우린 편리함에 소중함을 잃는 경우가 많다.
달려 나가 문을 열어주던 그때,
우린 불편하지 않았다.
지금과 비교하면 불편할 뿐이지.

돈 벌면…

내가 돈만 벌면…,

더 벌면…

내가 좀 더 벌면…,

이루지 못할 효도

쉼표

빨리 가는 것보다
멈추지 않고 천천히 가는 게
중요하다고 말하지만….

그래도 빨리 걷다 넘어졌다면
넘어진 김에 잠시 쉬어가자.

우리는 언제 어른이 될까

술을 맛으로 먹는 때가오니,
참 세상이 달라 보이더라.

참 많이도 지는 해를 봐왔는데
이제는 그걸 감상하다니.

어릴 적 나는
지금의 나이가 되면 많은 걸 이루었을 거라 생각했는데,
지금이 시작이라니.

나는 마냥 어린데
세상은 나에게 어른이 되란다.

부쩍 늙어버린 친구들도
나에게 어른이 되란다.

난 정말 어른이 되어야 할까?
이러나저러나 슬프구나.

취미로 난초를 캐셨던
아버지를 따라 산에 가면
늘 길이 없는
험한 곳으로 다니셨다.

지금 생각해보면
아버지는 남들이
가지 않는 길로 가야
특별한 걸 찾을 수 있단 걸
보여주고 싶으셨나 보다.

#난 당신의 등만

가장 소중한 건 보이지 않는다

난 5살 때 꿈을 가졌다.

그때 내 모습과 닮은 꿈이란 아이가 나타났다.
어린 시절 난 꿈과 함께 있어 너무나 행복했다.

하지만 나이를 먹으니 현실이란 갈림길 앞에 서 있게 되더라.

꿈과 함께 가려면
언제까지 걸어야 하는지 모르는 어두운 터널을 계속 걸어야 한다.
주위 사람들이 그런 나를 반대하거나 한심하게 생각했다.

반대로 많은 사람들이 걷고 있는 현실이란 길은 안전한 포장길이다.
대부분의 사람들은 이쯤에서 꿈의 손을 놓고
터널이 아닌 포장길로 향한다.
어떤 이들은 울면서 꿈을 보내기도 한다.

하지만 아무도 꿈을 버리는 자들을 욕하지 않았다.
버리는 걸 당연하게 생각한다.

망설이는 나에게 꿈이 말했다.

"괜찮아, 오래도록 날 지켜줘서 고마워!
이것 봐! 난 다른 꿈들 중에서 가장 어려 난 5살이야!
네가 너무 자랑스러워."

"……"

난 지금도 앞이 보이지 않는 터널을 걷고 있다.
걷기 전 빈털터리인 난 꿈에게 약속을 했다.

"꿈아, 나는 굶어도 너는 굶기지 않을게."

착한 아이는 언젠가 사라지고 만다

우리는 착한 아이 콤플렉스에 걸려 있다.

어릴 적부터 "착한 아이가 되어라."고 배웠지,
"올바른 선택을 하는 사람이 되어라."고 배우진 않았다.

좋아하는 사람이 생기면
상대방의 호감을 얻기 위해 연극을 시작한다.

바보 같은
'착한 사람 연극'

하지만 이상하게도
내가 착하게 굴수록
상대는 내게 더 많은 요구를 하고 나를 죄책감 없이 이용한다.
'호의가 계속되면 권리인줄 안다'라는 말처럼….

이 병은 우리 주변에서 흔히 볼 수 있다.
어장 속에 갇혀 있는 사람이나
자식을 향한 부모의 무한한 사랑,
그리고 열정만 넘치는 신입사원까지.

분명히 기억해야 할 한 가지가 있다.
연극은 언젠가 막을 내린다는 것.

우린 너무 쉽게
사람을 가까이한다.
더 치명적인 건
또 쉽게 실망한다는 것.

친구가 없는 이유

무뎌간다는 건
좋은 일인 걸까?

사자가 임팔라를 사냥하기 위해서 필사적으로 달렸다.
결국 임팔라는 사자에게 물려 주저앉았고
나머지 사자들이 몰려와서 임팔라를 뜯어 먹었다.

잔인하긴 해도 '내가 밥을 먹는 것과 뭐가 다를까?' 하는
생각이 들었다.

어릴 적 〈동물의 왕국〉을 보다,
임팔라가 사냥 당하면
불쌍하다며 울고불고 하던 나였는데….

지금은 아버지의 손바닥에 겹겹이 쌓인 굳은살처럼,
내 마음에도 굳은살이 쌓여,
웬만한 날카로운 것이 아니면 마음에 상처를 입지 않는다.

이렇게 나이를 먹어간다는 건,
상처에 무뎌가는 걸까?

잘 쓰면 약,
못쓰면 독

칭찬은 좋은 것이지만 무서운 것이기도 하다.
마음에도 없는 거짓 칭찬으로 사람을 이용하는 사람이 있다.

거짓 칭찬으로 진짜 잘하고 있다고 착각하게 만들거나
무조건적인 희생을 하게 만들어
칭찬을 갈구하게 된다.

무서운 건,
칭찬을 받던 사람은
칭찬이 멈춰버리면
실망을 하거나 깊은 좌절감을 느낀다.

그래서 난 칭찬의 어두운 면을 이렇게 생각한다.
칭찬을 받기 위해서 노력을 하는 순간
목표를 잃어버리게 된다고.

칭찬은 그 사람의 목표를 응원해주는 수준이어야 한다.
"넌 네 꿈을 위해서 지금 참 잘하고 있어."라고.

일단은 벌자

우리는 책임 대비 돈을 번다.
월급이 높으면 높은 만큼
책임이 따르고
위험을 감수해야 한다.

고로 돈을 벌면 벌수록,
부담감에 마음이 괴로워지는 것이다.

헌데 좋아하는 일을 하면
그 고통마저 즐길 수 있다고 하는데… .

"난 모르겠다. 시발."

꼭 네가 알았으면 좋겠다

세상은
부모의 품을 떠난 청춘에게
가난을 선물한다.

가난이란 선물은
우리를 자만으로부터
어리광으로부터
낭비로부터
반찬투정으로부터
3일도 못 가는 끈기로부터
그 모든 철없는 행동과 생각으로부터
벗어나게 만든다.

청춘은
이런 값진 보물을 품고 있다.

지금 네 모습이 조금 초라해 보일지라도
누구보다 빛날 너임을
잊어서는 절대 안 된다.

그런 빛날 너를 사람들이 몰라준다 해도
좌절하지 말자.

너는 지금 낮에 떠 있는 달 같아서
세상은 해에 가려진 너를 못 알아보는 것뿐이니까.

언젠가 해가 지면 너는 어둠속에서 밝게 빛날 것임을
믿어 의심치 않는다.

너에게 말해주고 싶다.
넌 낮에 떠 있는 달이라고.

잠을 자려 방 안에
불을 끄면
눈앞이 깜깜해져
한 치 앞도
보이지 않지만
우린 알고 있다.

조금만 지나면
어둠에 적응해
하나둘 사물이 보이고,
침대 위에 누워
눈에 익은 천장을 바라보다
잠이 들 거란 것을.

곧 익숙해질 거야

세상의 모든 것이
제 용도로 쓰이지 않더라도
다 쓸모가 있다.

러닝머신은 건조대로
라이터는 병따개로
파리채는 회초리로
책은 냄비받침으로.

재미있는 건 흔하고
중요하게 생각하지 않은 물건일수록
다른 용도로 많이 쓰이고
더 유용하게 쓰이는 경우가 많다.

혹시 취업이 안 된다고
하는 일이 잘 안 된다고
스스로를 쓸모없다고 자책하지 말자.

아직 뚜렷한 색이 없기에,
네가 어느 곳에서
어떠한 능력을 발휘할지 모르니까.

넌 분명 멋진 곳에서
멋진 삶을 살 거야

마음을 쓰는 일은
돈을 쓰는 일과 닮았다.

다 써버리는 순간
초라해지는 것이.

어장 속 물고기

내가 먼저

세상은 내가 먼저 묻지 않으면
절대 알려주지 않는다.

무언가를 알고 싶다면
경험으로 질문을 해야 하고,

경험으로 얻은 질문은,
경험을 후회하지 않는
조건하에 알려준다.

밖은 추운데 안은 따뜻해,
창가에 서리는
눈물처럼 흘렀다.

내 마음은 따뜻한데
세상은 냉정하고 차가워,
마음에 서리가 껴
눈물이 되어 내렸다.

진심은
의심으로

믿음은
이용으로

친절함은
가식으로

받아들이거나 돌려주니
나도 이제 그들과 같은 어른이 되어야 할까?
정말 그래야 하니?

성장통

합리화

새로운 일에 도전하는 걸 좋아한다는 것이,
하는 일마다 금방 싫증을 느끼거나
지금 이 상황을 벗어나기 위함이 아닌지
한번 생각해봐야 한다.

만약 그렇다면,
그건 도전이 아니라
도피다.

사람의 욕심은 끝이 없다.
꿈을 이루었다고 한들 평생 행복할까?

실패했다면 과거를 그리워할 것이고,
그 과거가 오늘일 수도 있다.

그러니 우리 조금만 천천히 가자.
그동안 많이 힘들었으니.

부모의 관심이 지나치면
아이는 부모의 꿈을 꾸고,

부모의 관심이 부족하면
아이는 잘못된 꿈을 꾼다.

내가 그랬다

오늘도 헌팅 당해 힘들다는 친구에게

동물은 자신이
사냥할 수 있는
사냥감만을 쫓는다.

만약 네게 자꾸
똥파리가 꼬인다면
네가 똥일 수 있어.

힘든 일이 닥쳐서 괴로워하는 것이 아니라
힘든 일이 닥칠 것이 예상되기 때문에 괴로워한다.

고속도로에서
급하면

#나를 잃어버리다

나다운 게 뭘까?

친구를 만날 때는 철부지 바보 같고,
회사에서는 예의 바르고 싹싹하고,
가족들과 함께 있을 때는 무뚝뚝하다.

혼자 방 안에 있을 때 내 모습은
우울하기 그지없는데….

어떤 모습이 내 모습일까?
만나는 사람에 따라 행동이 바뀌는 나는,
어쩌면 내가 아닌 모습으로 살고 있는 걸까?

가장 나다워질 수 있는 사람을 만나라고들 하는데,
나다운 모습이 뭔지 모르겠는데….
내가 누군지도 모르겠는데….
그런 내가 누굴 사랑하겠니.

아마 세상을 나에게 맞춰 산 게 아니라,

나를 세상에 맞춰 살았나보다.

그래서 나를 잃어버렸나.

우린 너무 착하다

사람은 언제 어떻게 만날지 모르니,
모든 사람에게 잘하라는 말,
이건 개소리다.

너의 주변 사람들에게
힘들다고 하소연하면,
그들은 위로하는 동시에 기뻐한다.

그러니 사회에서 만난 쓸모없는 사람과의 인연에
너무 연연해하지 말고,
뭣 같은 놈은 주저 없이 밀어내.

우린 너무 착하다.

10대엔 싸웠고
20대엔 참았고
30대엔 피했다.

그랬더니 혼자다

중학생 때 같은 반 친구의 급식비가 없어진 적이 있었다.

돈을 잃어버린 친구는 담임선생님에게 말을 했고,
선생님은 반 전체 학생들에게 눈을 감고
훔쳐 간 사람이나 훔쳐 간 것을 목격한 사람은 손을 들라 하셨다.
아무도 손을 들지 않았는지 결국 범인은 찾지 못했고,
사건은 그대로 지나갔다.
그때 나는 거짓말을 했다. 아무 말도 하지 않는 것으로.

사회생활을 하다 보면, 괜히 나서서 피해를 보는 경우가 많다.
물에 빠진 사람을 구해줬는데 성추행으로 고소를 당하거나,
싸움을 말리다 가해자로 휘말리거나,
직장생활에서는 상사의 부당함에 이의를 제기하는 사람을
사회생활 못하는 사람으로 몰고 가기도 한다.
그래서 우리는 자연스럽게 침묵으로 일관하는 사람이
되어버렸는지 모르겠다.

언젠가 '바다는 3% 소금 때문에 썩지 않는다'는 말을 들었다.
세상은 지금 3%가 되지 못해 썩어가고 있는 것 같다.
학교에는 도덕책이 없어지고,
뉴스에는 살인, 강간 속보가 끊임없이 나오고,
선장은 승객을 버리고 도망간다.

지금의 나는 힘이 없기에 나서서 문제를 해결하지는 못하지만
적어도 침묵으로 거짓말은 하지 않겠다.

#우린 침묵으로
거짓말을 한다.

말싸움은
말을 많이 한 사람이
이긴 것 같지만,
사실 말을 많이 한 사람이
진 것이다.

말을 하면서
약점을 드러내기 때문에.

말로는 다 표현하기 힘들어.
행동으로 말하는 것이니까.

행동이 가장 진실된 고백.

말만 번지르르

그것도 나인데

비 오는 출근길,
보도블록 사이 틈이 벌어지거나
블록이 깨져 갈라진 사이로
빗물이 스며들어
물이 넘치지 않았다.

사람들은 빗물이 넘치지 않으니,
그쪽으로 걸어 다녔고,
난 그 모습을 보면서
허점을 드러내야 사람들이 다가오지 않을까 하는 생각이 들었다.

너무 완벽하게 살려고 하다 보니
기계 같은 내가 되어버렸다.

좀 깨지고 부서진 모습도 나인데,
그런 모습을 보고 다가오는 사람들을
부인하고 밀쳐내기 바빴구나.

우린 너무 완벽하려고 하다 보니
사람들과 멀어지게 되는 것 같다.

자기합리화와 긍정의 관계를 생각해보았다.

자기합리화는
괴로운 현실을 벗어날 수 있는 방법이 될 수 있지만,
그것이 습관이 되어버리면
“난 긍정적인 사람이야.”라고 착각해버리고 만다.

상황을 긍정적으로 생각하는 것은 좋지만,
상황을 현실적으로 바라보지 못하면,
발전 없이 제자리걸음만 하게 되는 건 아닐까?

나 자신에게
냉정하기

아직 많이 남았다

정해진 음계에서 수많은 명곡이
정해진 글자에서 주옥같은 글귀가
정해진 색에서 수많은 명화가 나온다.

우리에게 재료는 충분했다.

이미 늦었다 생각하면 끝이고,
아직 남았다 생각하면 창조다.

인내가 곁들여진 친절함

잘못된 습관 중 하나가
'얼굴만 보면' 혹은 '대화 좀 해보면'
'난 어떤 사람인지 파악이 돼.' 라고 판단하는 자만심이다.

그건 열어보지도 않은 상자에
무엇이 들어 있다고 정의해버리는 것과 같다.

우리는 그런 자만으로 인해
좋은 인연을 놓쳤을 수도 있고,
섣불리 믿어서 상처를 받기도 한다.

우리에게는
좀 더 인내가 곁들여진 친절함이 필요하다.

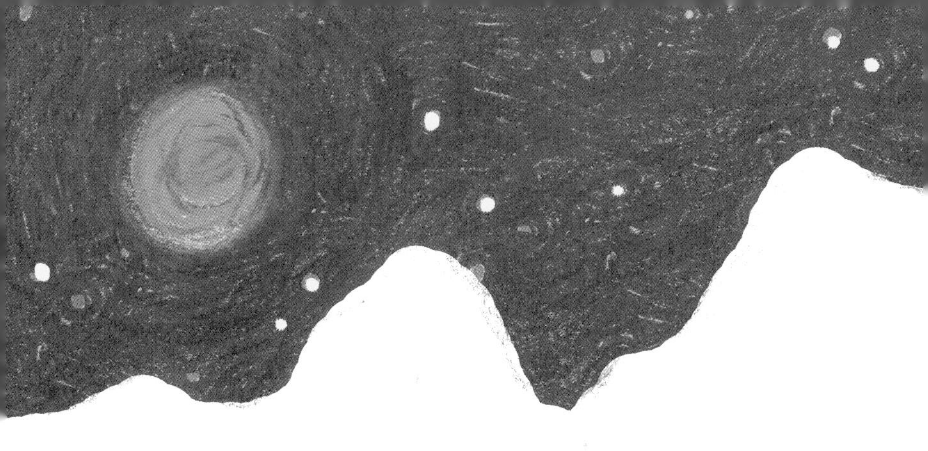

천당 아래 분당이란다.
살아보지도 않았으면서
거긴 살기 좋은 곳이란다.
또 그만큼 집값도 비싸고.

버스를 타고 한강대교를 건너가다 보면
높은 언덕배기에
집들이 빼곡히 들어차 있는 달동네가 보인다.
내 눈에는 그곳이 천당과 가장 가까워 보인다.

그곳에 사는 사람들은 천사가 아닐까 하는 생각이 들었다.
욕심 없이 살았기 때문에
하늘과 가장 가까운 그곳에 있는 것 아닐까?

물론
아닌 사람도
있겠지

꿈이 있다는 건
무조건 좋은 걸까?

꿈을 좇아
자유를 갈망하는 사람은
가족을 힘들게 한다.

외롭게 한다

#사소한 건 잊어버리자

사람이 붐비는 길을 걷다 보면,
마주 오는 사람과의 거리를 어느 정도 예측해서 비껴간다.

사람이 붐비는 길에서도
서로가 작은 양보를 하기 때문에 가능한 일이다.

사회생활에서도 서로 양보하고 이해해주는 것이 필요하다.
쌓인 건 풀어야 한다며,
섭섭한 이야기를 빈번하게 꺼낸다면 정말 피곤하다.

자신을 쿨한 사람이라 칭하지만
그건 사람들이 붐비는 거리에서
어깨 한번 부딪쳤다고 사과하라는 것과 같다.

그건 쿨한 게 아니고
속 좁고, 옆에 있기 싫은 사람일 뿐.

이사를 하려고 집을 알아보러 다니니,
집들이 정말 넓고 좋았다.

이곳저곳 새 집을 알아보고
집으로 돌아왔는데
이상하게 더 좁아 보이고 답답했다.

처음 이곳으로 이사 올 때는
혼자만의 공간이라 참 좋아했는데.

지금의 나에겐 너무 좁다.
내 덩치나 키가 커져서도 아니고,
집에 가구가 들어서
평수가 작아진 것도 아닌데.

더 좁아 보이고,
낡아 보이는 이유는
내가 변해서일 것이다.

우린 우리를 설레게 했던 모든 것에
책임을 질 필요는 없다.

다만 지금 내 주위에 모든 것은,
과거에 내가 고른 것 중
제일 좋았던 것임을 기억했으면 좋겠다.

지금은 아니지만
그때의 내게 최고였던 것들은
뭐가 있을까?

사사로운 것들에 대한 예의

나이를 먹어
눈이 높아진 것이 아니라,
나와 맞는 사람이
누군지 알게 된 것이다.

 # 좋은 변명

CAFE

더 이상 어떤 일에
설레지 않는다.

소풍 가기 전날 밤
잠 못 이루던 마음.

그리고

처음 떠났던 여행
처음 가본 영화관
처음 가봤던 놀이동산
처음 잡아보던 짝꿍의 손

그때 느꼈던
약간의 두려움과 설렘이
지금은 느껴지지 않는다.

먹어도 내가 아는 맛,
가봐도 내가 아는 곳,
그 모든 결과가
예상이 되기 때문에
똑같은 문제를 숫자만 바꿔서 푸는 것처럼
귀찮을 뿐이다.

더 이상 설레지 않는다.

그래서 오늘이 마지막인 것처럼 살아야 한다.

지금 이 순간이 마지막이라면

우린 어쩌면 사랑이
필요한 게 아니라
나에게 진심인 사람이
필요한 거야.

가식 속에서

#사랑할 수
없는 사람

나 잘났다고
허세 부리는 남자는
좀 재수 없지만
사랑할 수 있다.

하지만 나 못났다고
자신감 없는 남자는
절대 사랑할 수 없다.

능력 있는
까칠한 여자는
좀 재수 없지만
사랑할 수 있다.

하지만 자신의 인생을 책임질 남자를 찾는
자존감 없는 여자는 사랑할 수 없다.

지금까지는 네가 옳다

내 친구 중 한 명은,
집에 돈이 많은 것도 아닌데
변변한 직장 없이 라이브 카페에서 기타 치며
하루 일하고 하루 쉬며 산다.

평일이면 친구들 만나 술 먹고 놀고,
주말이면 멀리 낚시를 가거나,
텐트 치고 공원에서 친구들과 기타 치며 놀고,
게임 하고 싶으면 애들처럼 밤새 게임 하고
다음 날 늦게까지 푹 자고….
그렇다고 사고치고 남에게 피해주는 건 아니다.

그런 친구가 걱정이 됐다.

"넌 돈 안 벌어? 걱정도 안 돼?
결혼 안 할 거야?"

"야! 너 돈 벌면 뭐 할 거야?"

"친구들이랑 놀겠지."

"그럼, 지금 나랑 뭐가 달라?
넌 계획한 대로 잘 살아지냐?"

"아니…."

"난 내가 원하는 대로 살고 있어."

내가 돈 벌어서 경제적으로 해방되면 하고 싶은 일을,
그 친구는 지금 하고 있었다.

그 친구가 중학교 때부터 지금까지 하는 말이 있다.

"걱정한다고 뭐가 달라져? 인생 뭐 있어!"

개기다, 꼬시다, 허접하다, 굽신 같은
속어가 표준어로 인정되었다.

사람들이 하지 말라는 일,
할 수 있는 이유 하나 생겼네.

해서 안되는 일은 없다.
해선 안되는 일만 있지.

그러니 해도 돼!

꿈

우린 경험 해보지도 않은 일을 꿈이라 정하고
그 일을 하면 행복해질 거라 생각하는데,
그건 잘못된 생각이다.

요리 좀 한다는 말만 듣고
"난 요리사가 될 거야!"라고 결심한다.

그런데 막상 현장에 가보면
내가 상상했던 것과 다르거나
하루 종일 요리하는 것이 나와 맞지 않을 수 있다.

그러나 거기서 실망해 포기하지 말고
한 번 더 생각해야 한다.
요리 분야에서 내게 맞는 게 무엇인지.

요리에 관한 수많은 직종 중에
나에게 맞는 직업이 분명 있을 것이다.

꿈은 그렇게 완성되어 간다.

나와 안 맞는 일을 하면서
"이건 내 꿈이야!"라며
꾹꾹 참으며 계속 살다간 불행해진다.

무조건 참는 건 능사가 아니다.

남자의 노트북이
고장 난다는 건,

여자의 옷장 안에 있는 옷들이
한꺼번에 불타버리는 것과 같다.

같은 고통

특별하지 않은 특별한 날

생일날, 별반 다를 것 없는 일상이지만,
왠지 오늘은 특별한 일이 생길 거라는 믿음.

그런데
그 믿음이 이루어지지 않아도
전혀 실망스럽지 않다는 것.

이것이 특별하다면 특별하겠다.

출근길에 천 원을 주웠다.
3년 전에도 해수욕장에 놀러가서 천 원을 주웠던 기억이 난다.

극히 드문 일이지만 이렇게 가끔 돈을 줍기도 한다.

문득 내가 돈을 줍길 원하면서 걸었다면,
'이건 우연히 아니라 원하던 것이 이루어진 것이겠지?'라는
생각이 들었다.

내가 살면서 원하는 것이 많아지면
상대적으로 이루어지는 일도 많아진다는 것인데,
그러면 사는 게 재미있겠다는 생각을 했다.

별 거 아니지만,
어린 조카가 내 이름을 기억하기를
내가 좋아하는 사람이 먼저 연락하기를
미용사가 내 마음에 들게 머리를 잘라 주기를
내 글에 더 많은 사람이 공감 해주기를
오늘은 영업성과가 아주 좋기를
너구리 라면에 다시마가 두 개 들어 있기를….

아주 사소한 것이 우연으로 이루어지기보다는
내가 바라는 것이 이루어지는 삶을 살아가고 싶다.

뭐든지 쉽게 얻어지지
않겠지만

과거는 생각보다 약해서
내가 원하는 대로 왜곡이 가능하다.

그래서 나에게 상처 준 사람을
더 미워할 수도,
아니면 용서할 수도 있어.

난 미워하기만 했다

이런 나를 닮고 싶다니

고등학교시절 관악부를 했었다.
내가 2학년이 되자 후배가 들어왔고,
후배는 내가 가르치는 대로 곧잘 했다.

1년 후,
후배는 나보다 트럼펫을 더 잘 불었고,
결국 졸업 연주회에서 솔로파트를 후배에게 뺏겼다.

당시 "축하해, 잘하네."라고
미안해하는 후배에게 속에도 없는 거짓말을 했던 게 기억난다.

난 질투를 참을 수 없었고,
그 뒤로 후배를 뒤에서 욕하고,
솔로파트를 내어준 선생님이 미워 연습에도 잘 나가지 않았다.

우여곡절 끝에 연주회는 열렸고,
항상 내 자리였던
무대 퍼스트자리에 앉아 있던 후배가
연주 시작 전 나에게 말했다.

"형을 닮고 싶었어요, 앞으로도 그럴 거예요."

고맙기보다는 소름이 끼쳤다.
나에게 당한 나 자신에게.

요리를 좋아하면
요리사가 될 순 있지만,

먹는 걸 좋아한다고
요리사가 될 순 없다.

중요한 차이

정직하라 다이제처럼!

질소는 허영심

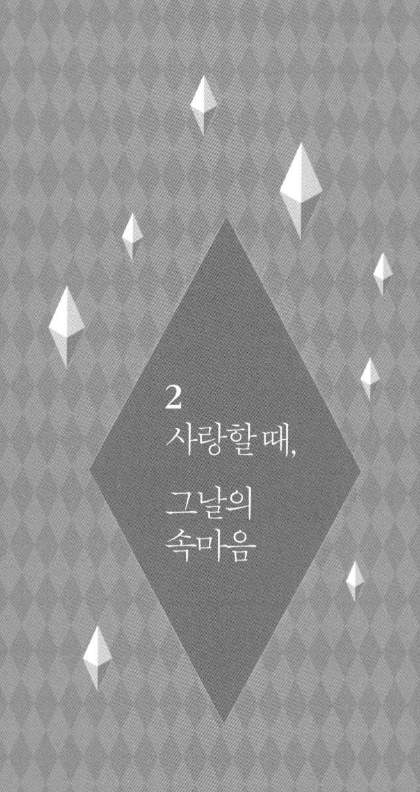

2
사랑할 때, 그날의 속마음

사랑은 그 사람을 통해
좋은 습관이 스며들어
내 인생이 바뀌는 일.

#진실이 될 때까지

내가 믿지 않으면
세상 모든 건
거짓일 뿐이야.

그래서 나는
네 거짓말을 믿기로 했어.

속아주는 것 말고
믿어주는 것으로.

지키는 사랑

어느 날 너와 밥을 먹는데
'쩝쩝쩝' 소리를 내며
'허겁지겁' 먹는 게 너무 꼴 보기 싫었다.

난 나에게 권태기가 왔다는 사실을 받아들였다.
그래서 스스로 주문을 걸기 시작했다.

"난 잘 먹는 너의 모습이 좋아."
"난 잘 먹는 너의 모습이 너무 좋아."

그랬더니 신기하게도 더 이상 거슬리지 않았다.

난 포기보다 지키려는 노력을 했다.
사랑에 빠지는 건
내 맘대로 되지 않는 것이지만
지키는 건 선택사항이지 않을까?

네가 날 부를 때까지

슬퍼하는 널,
난 어떻게 해야 될까.

앞에서 걸으며
길을 만들어줄까.

옆에서 걸으며
말을 걸어볼까.

그냥 뒤에서
풀릴 때까지
따라 걸을까.

내가 웃질 않으니
너는 힘든 일 있느냐고 물어보더라.
"괜찮아."라고 말해도
계속 뭐가 힘든지 말해보란다.
그때 괜히 기분이 좋았다.

어쩌면 사랑이란 건,
힘들어도 '괜찮다'고 말하는 것이고,
그 '괜찮다'는 말을 믿지 않는 것 아닐까.

가끔은 귀찮게
물어봐줘

"모든 상황 뒤에 avi를 붙여보자"라는
글을 봤다.
그래서 나도 붙여보니
모든 게 야해 보였다.

그와 밥을 먹으며.avi
친구와 TV를 보다 못 참고.avi

우리의 삶도
누구와 함께 하느냐에 따라서 달라지는 것 같다.

주변에 나쁜 남자나 나쁜 여자를 만나서
고생하는 친구가 꼭 있다.
헤어지라고 조언을 해도 그때뿐,
포기하지 못 하고 다시 만나고 힘들어한다.

나를 해치는 사랑은
절대 좋은 결과를 맺지 못한다.

그러니 과감하게 떼어내자.
나를 싸구려로 만드는 사람을.

그와 레스토랑에서.avi
그와 레스토랑에서.vip

사실은 다 핑계다

어머니의 사랑이 지겨워
사춘기라며 밀어냈다.

커서는 사랑이 지겨워
권태기라며 밀어냈다.

헤어질 용기도 없어
이런 말도 안 되는 핑계로만.

돌아갈 때까지
기다려달라고만 하는 구나.

#분명
보일 것이다

우리는 가끔 예상치 못한 모습에 반한다.

아이를 좋아하는 모습에 호감을 느끼거나,
의외로 털털하게 책상을 옮기는 모습이나,
차가워 보였는데 영화를 보고
눈물을 흘리는 모습에 반하기도 한다.

난 마음속에 스위치가 있는데,
그것이 켜지면 호감이 생긴다고 생각한다.

스위치를 켜기 위해선 한 가지 방법이 있는데,
좀 더 관심을 가지고
오래, 자세히 지켜봐야 한다는 것이다.

하지만 아쉽게도
우린 주변의 모든 것을 무의식 상태로 지나쳐버린다.
예를 들어 평소에 음악을 들을 때도 그냥 흘려들어,
수십 번이나 반복해서 듣는 노랫가사도 생각이 나질 않는다.

잠든 마음에 스위치를 켜고 싶다면
관심을 가지고 자세히 지켜봐야 한다.

그럼 보일 것이다.
그에게서 내가 좋아하는 것이.

난,

완벽해 보였던 사람이

술 먹고 토하는 모습에 반했다.

집으로 돌아가기 전
괜한 투정을 부렸다.

널 생각했던 시간만큼
함께 있지를 못해서.

내 마음 좀 알아줘

넌 뭐라 정의하니?

문득 '사랑의 정의는 뭘까?'라는 생각을 해봤다.
깊게 생각해도 정확한 답을 찾지 못했다.
사전의 사전적 의미를 찾아봤더니,
'어떤 사람이나 존재를 몹시 아끼고 귀중히 여기는 마음'이라고
되어 있더라.

'몹시'라는 단어에 등골이 오싹했다.,
난 아끼고 귀중히 여기는 것까진 할 수 있어도,
그 '몹시'까진 도달하지 못할 것 같다.

그리고 사랑의 정의가 '소유'가 아닌
나보다 다른 사람을 아낀다는 개념이었다.

문득 난 그런 사랑을 해왔고,
또 그런 사랑을 할 수 있을까?
곰곰이 생각해보니
그렇게는 못할 것 같았다.

그건 너무 위대한 일이라서.

작은 차이가
사람을 질리게 한다.

지켜준다면서 구속하는 것.
감싸준다면서 가르치는 것.
이해한다면서 설득하는 것.
생각한다면서 잠수 타는 것.

이게 전부
날 위해서라고 하지 마.
널 위해서잖아.

나쁜놈아

누군가
지금 이 사람이 너의 마지막 인연이라고
단정 지어줬으면 좋겠다.

나를 흔들리게 하는 건,
네가 나를 덜 사랑해서가 아니라
다른 사람에 대한 호기심 때문이니까.

마지막 인연은
지금 네 곁에 있잖아

이미
미쳐 있구나

셰익스피어가 말했다.

'Love is merely madness.'
'사랑은 미친 짓이다.'

그럴지도 모른다.
사랑에 빠졌기 때문에 미친 것일지도.

사랑에 빠지면 나타나는
기쁨, 슬픔, 질투는
일상을 반복하며 살아가는 우리들에게
어쩌면 현실에 대한 일탈일 것이다.

아플 걸 알면서도
사랑이란 독버섯을 삼키는 이유는
미쳐버림으로써
세상의 고통을 잠시나마 잊고 싶어서가 아닐까.

사랑을 찾는다는 건,
지금 삶이 괴로워서거나
이미 사랑의 단맛을 알아버렸거나.

Shakespeare
Love is merely madness

시시콜콜한 썸

우린 사랑도 아니고,
그렇다고 남도 아닌 경우를 '썸'이라고 한다.

'썸'은 횡단보도 끝에 서서
서로를 바라보는 것이라 생각한다.

그러다 파란불이 켜지면
결정을 해야 하는데,
남자건 여자건 용기 있게 건너야
사랑을 시작할 수 있다.

하지만 서로 눈치만 보며 망설이다
너무 늦게 건너버리면,
파란불도 꺼지고
썸도 끝나버린다.

썸은 사랑의 허울을 쓰고 멋들어지게 나타나지만
대부분 별 볼일 없는 시시콜콜한 이야깃거리밖에 되지 않는다.

나 예쁘냐고 묻기에
점이 예쁘다고 하니
점만 예쁘냐고 화낸다.

넌 점도 예쁘다

화해의 방법

우리는 사랑함에 있어
스스로 변하지 않을 규칙을 정해야 한다.

우리 부모님 사이에는 무언의 규칙이 있었다.
아무리 크게 싸워도
때가 되면 어머니는 저녁밥을 대충이라도 차려주셨고,
아버지는 아무리 화가 나도
대충 차려준 밥상을 투정 없이 드셨다.

잘못했다면 싹싹 비우는 거고,
잘못이 없어도 싹싹 비우는 거다.

죽어도 좋다

사람 사이는 난로처럼 대해야 한다 했다.
가깝지도 그렇다고 멀지도 않게.

그렇게 하기란 상당히 어렵다.
가까워질까, 멀어질까 노심초사하며
사람을 대하는 게
얼마나 어려운 일인가.

하지만 사랑은 다르다.
맘 놓고 가까이 가도 되니
아니, 그래야 하니 얼마나 좋은가.

데어 죽어도 좋으니
나 그대에게 가겠다.

우린 너무 소심해

살다보면 사람과 사람 사이에
미묘한 신경전이 생긴다.

그건 말로 표현하기가 좀 힘든데,
아무튼 그 뻔히 보이는
신경전이 계속되어 깊어지면
이런 말이 나온다.

"기분 나쁘게 듣지 마."
이 말을 듣는 순간, 이미 기분은 상한다.

그러니 싫으면 싫다,
좋으면 좋다,
바로 말했으면 한다.

눈으로 말하지 말고
입으로 말하기.

살랑살랑 시원한 바람이 불어 기분이 좋으니
꼭 너와 함께 있는 것 같다.
그래, 좋은 건 죄다 너를 닮았구나.

봄에 기울어

세상은 나에게 바라는 게 많다

월급은 그대로인데 물가는 오르고,
스펙은 그대로인데 채용의 문턱은 높아지고,
잔고는 그대로인데 결혼해서 자식을 낳으라 하고,
목표는 그대로인데 현실을 직시하라 하고,
마음은 그대로인데 나이를 먹으라 한다.

난 다 필요 없다.

내 마음은 그대로이니,
네 마음만 그대로이면.

사랑을 지키는 건 이별이다

다가올 아픔이 예상이 된다면
그 이별은 어려운 게 아니다.

아픔의 크기를 알 수 없으니
이별하지 못하는 것이다.

'한 달만 아니 일 년만 아플 거야'라고
진단을 내려주면 좋으련만….

어쩌면 우리 사이를 지켜주는 건,
사랑의 크기가 아니라
이별의 크기일지도 모르겠다.

못된 본심

한 사람을 너무 오래 만나다 보니
'이건 사랑이 아니지 않을까' 하는 의구심이 들었다.

술 먹고 집으로 들어가는데,
연락이 되지 않는 내가 걱정이 된 너는
시린 손을 녹여가며 나를 기다리고 있었다.

나는 그런 너를 보면서
내가 아닌 다른 누군가를 기다리거나
다른 사람에게 안겨 웃고 있는 너를 상상하니
숨이 막혔다.

어쩌면 너무나 이기적이고 못된 마음이지만
난 이런 못된 상상으로 너를 다시 사랑한다.

비가 기다리던 땅과
만나 흙냄새를 낸다.

기다리던 네가 와서
달달한 향이 나는 지금처럼.

내게 오면

눈을 감고 있다고 해서
잠든 것이 아닌 것처럼,
말을 안 한다고 해서
상처를 안 주는 것도 아니다.
경우에 따라 침묵은
가장 고통스러운 고문이다.

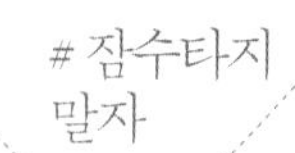

닮았다

사료 그릇에 사료를 담기 시작하면,
강아지는 정신이 나간 채로 달려들어
코를 박고 먹으려 했다.

하지만
"기다려!"
이 한마디에 강아지는 하던 행동을 멈춰야 했다.

지금 네가
"기다려!"라고 하면
수저를 놓고
사진을 다 찍을 때까지 기다린다.

인정하기 싫지만
닮았다.

난 다를 줄 알았어

널 포기하지 못하던 중에,
이런 생각을 해보니 마음 정리가 됐다.

만약 내가 큰 병을 얻거나
직장을 잃어버리거나,
빠져나오기 힘든 위기에 처한다면
너는 내 곁에 있어줄까?

그 생각을 하다
갑자기 슬퍼졌다.
내가 그럴 수 없을 것 같아서.

"다 용서할 테니까
그 사람보다 날 더 사랑한다고만 말해줘."

자존심이었을까.
확인이었을까.
진심이었을까.

지금 생각해도 모르겠다

변변한 장갑 하나 없지만
겨울이 와도 괜찮아.
네 손잡을 핑곗거리 하나 더 생기니.

넌 내 난로

CAFE

돌고 돌아
다시 너에게

오늘 아침에 비가 너무 쏟아져,
신발이 젖을까 싶어
빗물이 덜 고인 길을 찾아 걸었다.

웅덩이를 피해가며 걸어도
신발과 바지가 젖는 건 매한가지라.
"에이 모르겠다!"
그냥 걸어버렸다.

걷다가 문득 네 생각이 났다.
상처받을 게 두려워 시작을 못하는 나였는데….

"그래, 이렇게 너에게 젖어버리자."
마음을 먹고 나니
모든 두려움이 사라졌다.

나 다시 상처받아도 좋으니
그대에게 물들겠다.

별 거 없어,
그냥 사랑이면 돼

어릴 적 나는,
넘어지거나 다치면
곧장 엄마에게로 달려가
상처를 자랑하듯 보여주었다.

그러면 엄마는 약을 발라주는 것뿐만 아니라
걱정해주고 속상해하셨다.
나는 엄마의 그런 모습이 좋아
더 아픈 척을 했던 것 같다.

지금 내가 힘들다고 말하는 것은
선생님이 되어 답을 달라는 것이 아니다.
"요즘 네가 많이 힘들구나."라며
위로를 바라는 것이다.

약을 발라주는 행동보다
약을 발라줄 때의 네 표정에서
나는 사랑을 느끼니까.

나에게
괜히 짜증을 부리거나,
이해 못할 행동으로 날 화나게 해도.

세상에 수많은 사람들 중에,
날 진심으로 걱정하고,
위해 주는 사람이 몇이나 될까.

헤아려보니,
그저 너에게 감사했다.

넌 몇 명이니?

몸에 안 좋은 걸 알면서
담배를 피우고,
살찌는 걸 알면서
기름진 음식을 먹으며,
다음 날 힘들 걸 알면서
술을 먹는 것처럼

상처받을 걸 알면서도
너에게로 가는 것은

아파도 좋으니까.

치맥 같은 너

그거면 됐다

화장실 문을 닫으란다.
"왜! 뭐 어때!"
돌아온 대답은
"부끄러워! 닫아!"

"아직도 부끄러워?"
짜증 섞인 목소리가 들려온다.
"당연하지!"

집으로 돌아가는 길 왠지 발걸음이 가볍다.

내가 아직도 부끄럽단다.
아직도 내가 부끄럽단다.

사랑한다는 말보다
더 듣기 좋은 말이 있을까 했는데….
있다.
더 한 게 있었다.

여전히 날 사랑할까 궁금했는데….
아직도 내가 부끄럽단다.

넌 무심하게 말했지만
난 그거면 됐다.

진심으로 사랑한다면,
좋아하는 것을 해주는 것보다
싫어하는 것을 안 하거나 고쳐야 하는 것 같다.

싫어하는 걸 고치는 것은
너와 닮아가는 일이니까.

그렇다고
스킨십을 싫어하지는 마

먹는 것보다 꽃

하늘에 별이 있다면
땅 위에는 꽃이 있다.

남자는 별을 따다 줄 수 없으니 꽃을 사다 준다.

남자는 여자에게 꽃을 선물하기 위해
몇 번을 망설이다 꽃가게를 찾는다.
아는 꽃이라곤 장미꽃 밖에 몰라, 장미꽃을 나이만큼 주문한다.

일단 꽃을 사는 것까지는 큰 문제가 없으나
꽃을 건네받은 그때부터가 문제다.
길거리 많은 사람들 속에서 꽃다발을 들고 가기란
숫기 없는 남자에겐 곤욕이다.
꽃다발을 가방에 넣자니 꽃이 망가질 것이고,
그렇다고 당당하게 들고 가자니 민망하고,
전쟁 통에 아이를 품듯 꽃을 품에 안고 너에게 간다.

남자는 상상한다.
내가 왜 이걸 샀을까 후회하면서도
너는 어떤 표정을 지을까 상상하고
등 뒤로 꽃을 감출까
아니면 바로 건넬까를 상상한다.

꽃을 받고 세상을 다 가진 듯 좋아하는 여자는,
남자가 꽃을 사오는 과정을 상상하고 좋아하는 게 아닐까?

나 너를 만나 네가 되었고,
너 나를 만나 내가 되었다고 생각했는데….

넌 나와 네 사이에서
계산기를 두드리고 있었구나.

난 어떻게 해야 할까?

그렇다고 한걸음 뒤로 물러나
머리로 사랑할 수도 없는데 말이다.

가까운
사이일수록

난 '한눈에 반하는 사랑은 없다'고 생각한다.

그건 주변에서 극히 드물게 일어나는 일을
일반화시킨 것일 수도 있고,
외모지상주의 일부분을 미화시킨 것일 수도 있다.
'먹어보지도 않은 음식을 맛있다'라고 평가하는 것처럼.

난 사람에게 반한다는 건,
우산을 써도 비가 옷에 스며들 듯이
그 사람의 목소리, 향기, 손짓, 분위기, 가치관에
어쩔 수 없이 서서히 물들어가는 것이라 생각한다.

만약 아침에 눈을 떴는데
느닷없이
그 사람 생각에 신이 난다면?

물든
거겠지

사랑이 어려운 건
단순히 사랑만 준다고
되는 게 아니라서다.

어렵다

진짜가 아니다

너에게 첫눈에 반했다는 남자에게 빠져,
그 모습이 영원할 거라 착각하지 말자.

너에게 첫눈에 반한 남자는
새로 생긴 스마트폰에 빠져 있는 아이와 같다.

시간이 흘러 사랑의 안정기에 들어선 모습이
그의 본모습이다.

남자가 여전히 휴대폰을 케이스에 씌워 소중하게 다루는지,
아니면 익숙함에 흠집이 나든 말든 막 다루는지

더 빨리 알고 싶다면,

엄마를 대하는 그를 봐야 한다.
그게 그 남자의 본모습이다.

고속버스터미널역에서 옥수역까지 가는
지하철 안에서 화장하는 여자가 있었다.

나이는 스물네 살 정도?
조금씩 흔들리는 지하철 안에서
잘도 집중하며 화장을 한다.

남자친구를 만나러 가는 걸까?
아니면 친구?
왠지 친구는 아닐 것 같았다.
적지 않은 사람이 타고 있는 지하철 안에서
저렇게 굳세게 화장을 하는 건
분명 사랑하는 사람을 만나러 가는 게 틀림없다.

그 모습이 창피함을 모르는 넉살 좋기보다는,
참 순수해 보인다는 생각이 들었다.

그 순간 지하철은 지하에서 빠져나와
햇살이 비쳐 은빛 물결이 된 한강 위를 달린다.

그때 들어온 햇살이 내 눈살을 찌푸리게 만들었는데,
혹시나 맞은편에 있는
화장하는 여자가 오해라도 할까 싶어
황급히 인상을 억지로 피고 고개를 돌려 다른 곳을 봤다.

사랑하는 사람에게 사랑받으려 하는 행위를
조금도 방해하고 싶지 않았다.

그래, 하던 화장 마저 해라.
그리고 가서 사랑받아라.

문제는 화장 전이
더 예뻤다

삶을 사는 게 아니라
버티고 있을 때
넌 내게 다가와
삶을 살게 해주었다.

네가 필요한 이유

이번엔 다를 거란 믿음
거기서 오는 실망
다시 믿어보겠다는 믿음
하지만 올라오는 불신
너를 사랑하기엔….

연애란 아래서부터
다시 읽는 것.

연애는 반복

혼자만의 착각이었나.
간만에 썸인 줄 알았더니
날 보고 웃던 것은
누구에게나 베푸는 친절이었구나.

나에게 준 초콜릿이 특별하지 않았구나.

나에게 베푼 모든 것이
나만을 위한 게 아니라,
주변 사람들의 눈에
좋은 사람으로 보이기 위한
한 가지 수단이었구나.

그것도 모르고
혼자 착각해
고백을 하고,

아직은 누굴 만날 마음이 없다는
두루뭉술한 예의 갖춘 거절에
하루 종일 생각에 잠긴다.

그래,
미련하니까
미련 두는 거야.

아무에게나 눈웃음치지 말자

아직까진 널 사랑해

그녀가 나에게 사랑한다고 했는데,
행복하기보단 아직도 날 사랑해서 다행이라는 생각이 들었다.

난 알고 있다.

그녀가 나에게 말한 사랑해의 뜻은,
아직 널 대신할 사람이 없으니
'아직까진 널 사랑해'라는 뜻인 걸.

그걸 알면서도
날 대신할 사람이 없도록 그녀에게 최선을 다할 수밖에.

그러니 나에게 '사랑해'는 다행일 수도.
또는 피 말리는 잔인한 말이 될 수도.

그림으로 보면
내용에 대한 이해가 빠르다.

마음을 표현하고 싶다면
선물로 하는 것이 빠르다.

말보단 선물로

넌 지금 무슨 색이니

미술시간에 물감으로 다른 색을 만들려고
이 색 저 색 섞다 보니
결국 회색이 되어버렸다.

아무리 다른 색을 넣어도 변하지 않는 회색.

우리 사랑에 너와 내가 아닌
다른 사람의 의견이 섞이다 보면
'정말 우리가 어울리는 걸까?'라는 생각이 들고,
그 순간 마음은 회색이 되어버린다.

사랑은
어울리는 사람끼리 하는 것이 아니다.
사랑하는 사람끼리 하는 것이지.

공부가 필요해

이사를 하면서 책장을 정리했다.

수능 때 공부하던 책들을 보니
깨알 같은 글씨들과 밑줄로 빼곡했다.
그것들을 보고 있자니, 문득 헤어진 그가 생각났다.
내가 그를 이렇게 공부했다면 우린 헤어지지 않았을까?

네가 좋아하는 것, 싫어했던 것을
내가 조금 더 기억하고 주의했다면
우린 헤어지지 않았을까?

지금 생각해보니
너의 단면만 보고 다 알아버렸다 생각하고
더 이상 알려고 노력하지 않았다.

사람도 계속 변하기 마련인데,
난 첫 만남의 너만을 기억하고 있으니
우린 안 맞을 수밖에.

사랑에도 상대성이론이 적용됩니까?

가난하다 생각한 적이 없었는데
내가 초라해 보였고.
술을 조금 즐긴다 생각했는데
알코올중독자가 됐고,
몇 번 가본 클럽에
문란한 사람이 됐다.

나름 힘겹게 들어간 대학에 자부심을 가졌는데,
대학 이름을 꺼내기 창피했고,
괜찮은 연봉이다 생각했는데,
쥐꼬리만 한 월급의 직장을 다니고 있었다.

나름 괜찮은 인생이라 생각했는데
별 볼일 없는 인생이 되었다.

귀하신 너를 만나고 나서부터.

상대의 약점을 감싸 안아

가만 생각해보면,
나무꾼은 참 못나고 나쁜 남자라는 생각이 들었다.

선녀와 나무꾼 이야기를 들여다보면,
나무꾼은 선녀의 날개옷을 훔쳐서
선녀를 강제로 데려다 아내 삼고,
아이 둘까지 낳게 했다.

나무꾼을 사랑하지 않는 선녀는,
나무꾼에게 옷 한 번 입어보자 했다.
서둘러 날개옷을 입은 선녀는
두 아이를 품에 안고 하늘로 도망가버렸다.

여기서 나무꾼의 명대사가 등장한다.
아이를 안고 하늘로 날아가는 선녀를 보면서
"아, 이래서 사슴이 아이 셋을 낳을 때까지는 날개옷을 주면 안 된다고 했던 거구나."라고 했단다.

최소한 하늘로 올라가는 선녀에게
"그동안 미안했소!"라고 사과는 했어야 했다.

이렇게 상대의 '약점'을 가지고
조종하는 사람의 최후는 혼자다.

나를 이해하는 것도
중요하지만

내 직업을 이해하는 것이
더 중요하더라.

직업을 사랑하는
사람도 있으니까

사랑하는데 외롭다는 건

큰 선물이나 이벤트보다
진심이 담긴 말 한마디,
손편지 한 장이 더 필요할 때가 있다.

사랑하지 않을 때 외로운 건 비참하지 않다.
하지만 사랑하는데 외로운 건 비참하다.

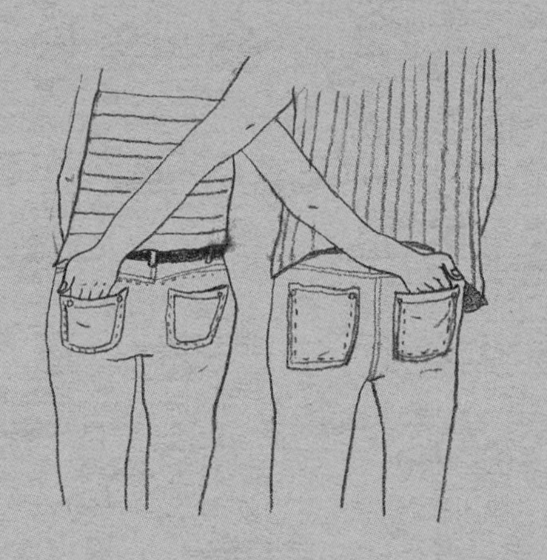

애무가 줄어서 애정이 줄었나
애정이 줄어서 애무가 줄었나

무엇이 먼저일까

착각하지 말자

지금까지 연애를 하면서 느낀 건,
내가 관심 있는 사람은 날 좋아하지 않고
내가 관심 없는 사람만 날 좋아하더라.

그런 수많은 반복 속에서,
서로 좋아하는 정말 드문 경우가
연애로 이어지는 것 같다.

웃긴 건 우린 진실한 사랑을 원하면서도
날 사랑하지 말라며 밀어내고,
또는 날 사랑해달라며 매달리는 것이다.

이 얼마나 위선적이고 웃긴 상황인가
아무리 배고파도 가릴 건 가려 먹는.

날 사랑해달라 다가오는 이를 거절하는 것은
그 사람이 나에게 특별하지 않기 때문이다.

반대로 생각하면, 날 받아주지 않는 그에게
난 특별한 사람이 아니었던 것이고.

그래서 우린 특별해져야 한다.

여기서 착각하지 말아야 할 것은
그에게 온갖 애정을 쏟아부으며,
그 사람을 특별한 사람으로 만들지 말고,

온전히 자신에게 애정을 쏟아부어서
나 자신을 특별한
사람으로 만들어야 한다는 것이다.

착각하지 말자.
나보다 뛰어난 사람이
나를 좋아해주는 경우는 없다.

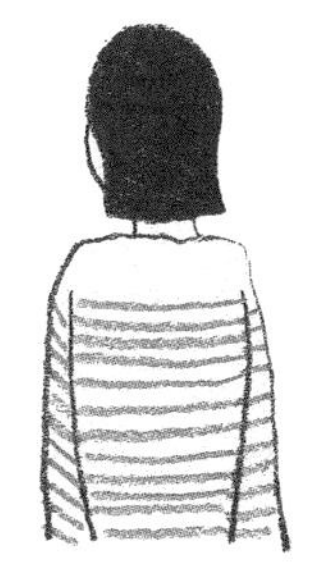

남자를 철없게 만드는
교복을 입고
추적추적
개운하게 내리지 못하는 비 오는 어느 날.

버스정류장에 앉아서
버스를 기다렸지.

그때 멀리서 네가 오더라.

인사를 할까
도망을 갈까
하다,

교복 셔츠에 묻은 국물자국이 창피해
도망을 갔어.

한참을 거리를 서성이다
이쯤이면 네가 갔겠다 싶어,
다시 버스정류장으로 가니
네가 뒤에서 인사를 하더라.

대답을 할까
도망을 갈까
하다,

"안녕!"

첫사랑

넌 고백받고
난 충격받고
넌 거절하고
난 고백하고

잃을 뻔하니 여자로 보이더라

절대 가벼워 보이지 않아

오빠 보고 싶어?
오빠 보고 싶어.

확인하려 하지 말고
확인시켜주자.

이제 관심 있는 사람이 생기면,
내 마음은 솔직해지지 못하고,
살짝 숨긴 채 상대를 떠보게 된다.

"내가 널 마음에 있어 하는 게 보이니?
그럼 너도 네 속마음을 보여줘봐."

이렇게 하는 건
먼저 좋아하면
지는 것 같은 괜한 자존심에,

먼저 좋아하면
어장 속에서 놀게 되지 않을까 하는 걱정에,

먼저 좋아해서
거절당하면 어쩌지 하는 두려움에,

내 마음은 숨긴 채 먼저 상대방의 마음을
확인하고 싶었던 것 같다.

기대가 사라지는 순간,
역시나 헛된 꿈을 꿨던
내 자신이 안쓰러웠기 때문에.

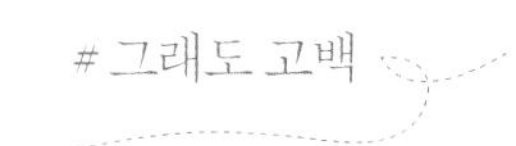

아직도 기억난다.

엄마는 왼손엔 나를, 오른손엔 누나를 잡고 신발가게로 갔다.
꼼꼼하게 신발을 살펴보고, 내가 신고 싶은 신발을 샀다.

그렇게 신발을 사고 신발가게를 나서려는데
엄마는 검정단화를 뚫어지게 쳐다보시다,
갖고 싶으셨는지 신발가게 주인과 흥정을 하셨다.

신발가게 주인은 끈질긴 엄마의 깎아달라는 부탁에
결국 짜증을 냈다.
엄마는 우리에게 괜찮다며, 단화를 포기하고 집으로 가는 길에
맛있는 저녁을 사주셨다.

어린 나도 계산은 됐다.
저녁밥 값이면 단화를 살 수 있었다는 것을.

도수도 안 맞는 오래된 안경으로 세상을 바라보며,
자신이 가진 모든 걸 나눠 가난을 막아준 그들이 있어서
나는 가난이란 걸 경험해보지 못했다.

그렇게 가난이란 걸 몰랐던 나를
가난한 사람으로 만드는 그녀를 사랑하면
그건 불효일까?

그래, 넌 그 좋아하는
현실과 살아라

창피하면 따뜻해

이제 사람이 많은 곳에서도
네가 원하면 언제든지
꽉 안아준다.

내가 한 번 창피하면
네가 한 번 웃는다.

난 그 편이 더 낫다.

3 이별 후, 당신의 속마음

파도 같았다.
피할 틈도 없이 내 발을 적시곤
이러지도 저러지도
못하고 있을 때 다시 가버린 네가.

너는 모르니

그날은
구름이 너무 예뻐서
구름을 끌어모아다
네 손에 꼭 쥐어줬다.

지난밤에는
밤하늘 별들이
너무 반짝거려서
반짝이는 별들만 끌어모아다
네 주머니에 몰래 넣었다.

보름달이 뜬 날에는
밝은 보름달이 너와 닮아
빛이 사라지기 전에 집어다
너에 등에 달았다.

아이의 웃음도
가을의 갈색 바람도
모두다 네게 가져다줬다.

지금
널 만나러 가는 길
이제 그만둬야겠다는 생각을 했다.

아무리 줘도
너는 모르니….

더 이상
너에게 줄 게 없다.

밀려오는 내 생각 중 하나만 뺀다고

괜찮아,
지금은 사랑이 끝나가니 아픈 거야.
지금 아픈 건 내일보다 덜 아프기 위해서 아픈 거야.
그렇게 사랑했는데 어찌 아니 울 수가 있겠어.

괜찮아,
지금은 사랑이 끝나가니 아픈 거야.

수없이 밀려오는 그 사람 생각 중
애써 생각 하나 뺀들 무슨 소용이 있을까.

그러니 조금만 울려 하지 마.
그렇게 사랑했는데 어찌 아니 울 수 있겠어.

보인다

그토록 사랑했는데,
그를 좋은 추억으로 기억하지 못하는 건….

나를 떠난 그가 미워,
그가 잘못한 수만 가지 이유를 꺼내
나쁜 놈으로 만들어 잊으려한 나 때문이 아닐까?

사랑이 시작 되면 장점만.
사랑이 끝나 가면 단점만.

이사를 하다 오래된 서랍장 구석에서
버리지 못한 너와 나의 사진과
전하지 못한 편지를 발견하고 한참을 울었다.

네가 그리워서가 아니라
나도 한때 누구를 원 없이 사랑할 수 있었던 것에,
너에게 감사해서.

나를 모질게 버린 너를 참 미워했는데 신기한 일이다.

클릭 한 번에 흔적 없이 사라지는
컴퓨터 화면 안의 추억이었다면,
너에게 감사할 일도
말라버린 감정에 단비가 내릴 일도 없었을 텐데….

이제야 너를 좋은 추억으로 남길 수 있겠다.

우린 난호해

항상 하는 일 중
가장 어려운 일.

물건을 쓰고
다시 제자리에 두는 일.

마음을 쓰고
다시 제자리에 두는 일.

하지만 해야 할 일

불가피한 이별

별 거 아니었지만
너 때문에 흘린 눈물이
이별의 씨앗이 되어,
눈물을 흘릴 때마다
눈물을 먹고 자랐다.

어느덧 싹이 텄고
그 싹을 외면하려
등 돌려 무시하거나
눈물을 참아도 봤지만,

이제 와서 보니
이미 싹은 내가 감당할 수 없을 정도로
커져 있었다.

어쩌면 사랑이 시작되는 순간
이별도 함께 시작되는 것 같다.

소화제가 필요하다

별 볼일 없는 인연은 내가
가장 외로울 때 찾아온다.

그러니 헤어지고 외롭다고
바로 다른 사람을 만난다면,
전 사람과 비교되어
더 그리워하게 된다.

헤어지고 바로 만나는 건,
음식이 소화도 안됐는데
꾸역꾸역 삼키는 것과 같다.

우린 특별하다 생각했다

글로 네 마음을 돌릴 수 있다면
밤새워 편지를 쓸 텐데,
그 편지가 너에게 부담이 될까
오늘도 쓰고 지우다를 반복한다.

그럼 너를 찾아가
엉엉 울기라도 해볼까.

아니면 도대체 왜 이러는 거냐고
화라도 내볼까.

너를 무척 사랑해서
이러는 것이기도 하지만,

모진 세상에 우리 사랑도
특별하지 않았음을
인정하기 싫어서 더 이러는 것 같다.

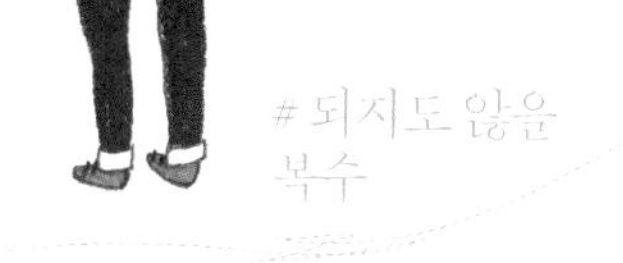

되지도 않을 복수

먼저 마음을 정리한다는 건
무슨 말일까?

먼저 마음을 정리한다고 해서
마음이 정리가 되는 것일까?

그럼 그건 어떻게 하는 걸까?
혼자 헤어졌다고 생각하며
속앓이 하는 걸까?

아니면 몰래 다른 사람을
만나는 것일까?

아마 먼저 마음 정리를 한다는 건,
너에게 하는 나만의 소심한 복수 같다.

내가 스마트폰 이냐?

처음에는 그렇게 좋다고
닳도록 만지더니,

2년 할부 끝나니 바꾸게?

헤어지던 날

이렇게 헤어질 줄 알았다면

그럴 때가 있다.
문득 그 사람이 떠오르는 노래나 향기가 있다.
그 사람이 자주 흥얼거리던 노래,
옆에 있을 때면 은은히 풍기던 향기.

그래서 그 사람과 닮은 노래나 향기에
우린 의도치 않게 추억에 잠기기도 한다.

그럼 난 그 사람에게
어떠한 향기와 노래로 기억될까?

향기가 사라지거나
노래도 유행이 지나
더 이상 추억할 거리가 없어진다면
난 그 사람의 기억에서
잊혀지는 걸까?

이렇게 헤어질 줄 알았다면,
방귀를 트지 말았어야 했다.

넌 나를 불량식품쯤으로 생각했었나 보다.
언제든 입이 심심하면 즐겨 먹을 수 있는
맛있지만 아무런 영양가 없는 불량식품.

이제 넌 어른이 되어,
철없던 시절 먹던
불량식품 따윈 먹지 않겠단다.

연애 따로
결혼 따로

그냥 놔두자

마음속 깊이 박힌 인연을
억지로 빼내려 하니 아픈 것이다.

이별은 박힌 가시를 그대로 두고
상처를 아물게 하는 것과 같다.

사랑이 컸으면
시간이 지나도 건드리면 아플 것이고,
그게 아니라면 내 몸에 가시가 박혀 있는 것일지도 모르겠다.

진심을 다해 사랑했는데
아무런 상처도 남지 않길 바라는 건
욕심 아닐까?

버스를 기다리는데
바람까지 불어와 더 추웠다.

순간 네 생각이 불어와
가슴이 시렸다.

생각해보니 외로워서
생각나는 게 아니라,
생각이 나서
외로워지는 것 같다.

20만 원 빌려간 너

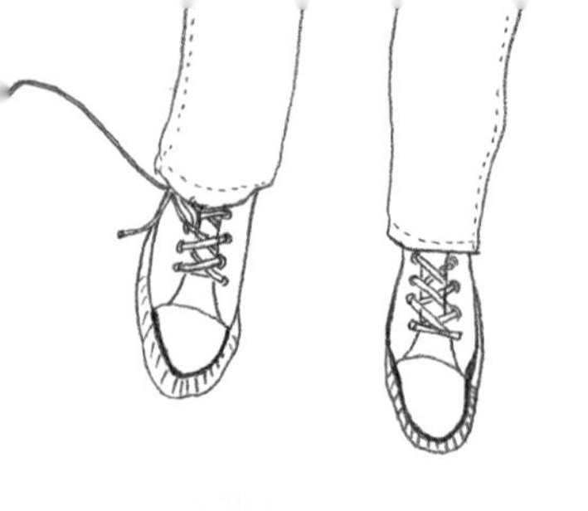

같은 뜻이지만

버렸단 단어보다
떠났단 단어로
이별했길 바란다.

난 기억한다는 단어보다
추억한다는 단어로
마음속에 남아 있으니.

같지만 다르게

더 예쁜 여자가 약

귀가 멀면
내가 하는 말을 잊어
말을 못하게 된다.

냄새를 못 맡게 되면
향을 잊어
맛을 못 느끼게 된다.

눈이 멀면
방향감각을 잃어
뛰지 못하게 된다.

너를 잃고
그 모든 것을 못하게 된 것 같다.

어떤 위로도 들리지 않고,
대답할 기운도 없다.
먹어도 맛을 모르겠고….

넌 내 인생에 기준이었는데,
네가 없으니
방향을 잃었다.

너 하나 잃었을 뿐인데….

아침이 오면

"출근 잘해!"

점심시간에는

"밥 먹었어?"

퇴근시간에는

"수고했어!"

밤 12시에는

"잘 자…"

지금 이런다고
돌아올 거라 생각하니?

그냥 알람시계일 뿐이야.

이미 늦었다

정답은 없다

헤어짐을 고할 때
네가 물었다.
"이유가 뭐야?"

나는 크고 작은 이유를 하나하나 나열하기 싫었다.
그럼 넌 그 이유를 듣고
고치거나 해결하려고 할 게 뻔하니.

하지만 내 마음은,
그런 이유가 다 해결된다고 해서
너를 다시 사랑할 수 있는,
그런 간단한 문제가 아니다.

내가 널 사랑할 때, 너를 사랑할 이유들이 있었다.
외모, 분위기, 제스처, 표정, 말투, 능력 등.
이런 것들은 다른 남자들에게도
충족될 수 있는 것이다.
하지만 내가 너를 사랑하게 된 건,
그런 것들이 아닌 말로 설명할 수 없는 것에 이끌렸다.

아직도 널 사랑하지만,
그 말로 설명할 수 없는 것이 이제는 너를 밀어낸다.
그러니 이유가 있어도 말할 수 없다.

유리구두가 내 발에 꼭 맞았는데,
구두의 주인공은 내가 아니라며
신데렐라를 기다리니.

내가 무기력할 수밖에.

#유리구두는
나에게도 맞았다

사실 지금 내가 화난 건,
너에게 화난 것이 아니라

그것도 이해하지 못하는
철없는 나 자신에게 화난 거야.

그러니 조금만
기다려줘

환승

버스에 올라 카드를 찍으니
"환승입니다."라는 말이 들렸다.
시간이 꽤 지난 줄 알았는데
환승이란다.

이어폰을 꼽고 창문가에 앉아 이런 생각을 했다.
헤어지고 시간이 얼마나 지나야
다른 사람을 만날 수 있는 걸까?

한 달?
세 달?
일 년?

'어차피 헤어졌는데 무슨 상관이야'라고 할 수도 있지만
깊은 사랑을 했다면 죄책감이 들기도 하고,
또는 바로 다른 사람이 생긴 그녀를 보면 질투가 날 것도 같다.

사랑은 이별까지 포함이라고 하는데,
그건 아마도 이별이 끝나지 않아서 그러는 것 아닐까?

지금 다른 사람을 만나는 내 자신이
떳떳하지 못하다면,
'환승'이라 정의하면 되겠다.

다음 생엔 와이파이로
태어나고 싶다.

네가 어디서든 날 찾게.

나보다 핸드폰을 더 보는 너

떠난 사람보다 남겨진 사람이
괴로운 건
흔적을 지워야 하고,
흔적을 지우는 건
추억을 되새기는
괴로운 일을 해야 하기 때문이다.

#2년의 동거 끝

그동안 네 이름을 종이에 적고,
널 잃을까 하는 조급함에 끝없이 널 찾아 헤맸다.
여길 가면 네가 있을까.
저길 가면 네가 있을까.

하지만
하루 정도는
그냥 멍하니 앉아
널 기다렸어야 했다.

너도 나를 찾아다녔다니
나도 너를 기다려줬어야 했다.

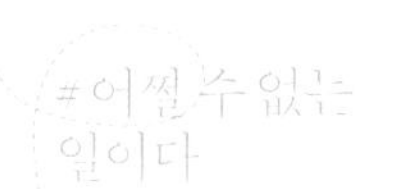

이별도 그 사람을 사랑했기 때문에
얻는 소중한 감정이라 생각한다.

사랑이 부족해서 떠난다 한다면,
사랑을 더 준다 하겠지만
사랑을 무한히 줬는데 떠난다 한다면,
그건 내가 어떻게 해결할 수 있는 것이 아니다.

그 사람을 사랑하기 때문에 그 의견을 존중한다.

다만 남들만큼 해주지 못했다는 아쉬움과
청춘의 가난을 같이 공유했단 것에 미안하고 아프다.

내 가난한 마음에 불씨였던 그대를,
영원히 꺼지지 않도록 잘 간직하련다.

가을 문턱에 헤어진 그녀는,
여름이려나
가을이려나.

미안해

이어폰 너머로
네가 떠오르는 노래가 흘러나와,
그 자리에 서서 네 생각에 잠겼다.

너와 헤어지고
잊으려 해도 네가 자꾸 떠올라
나 참 많이 힘들었는데.

지금 흐르는 이 노래가 아니었으면
언제 또 네 생각을 하게 될까?

난 그 자리에 가만히 서서
너와 함께 걷던 벚꽃길을 떠올렸고,
너와 처음으로 같이 밥을 먹었던 그날을,
네 집 앞 놀이터에서 그네를 타던 그때를 떠올렸다.

참 슬프게도
그 장소만 생각나지
네 모습이 떠오르지 않았다.

마치 그 장소에
나 혼자 있었던 것처럼,
도무지 네 얼굴이 그려지지 않았다.

사람을 잊는다는 건
이런 것일까.

생각에서조차
헤어지는 것.

강아지 목줄을 놓아주니,
강아지는 힐끗 눈치를 보고는
내가 한눈을 판 사이 달아났다.

겨우 뛰어가서 강아지를 잡고는
엉덩이를 때리면서
"왜 도망가! 왜! 왜!"라고 소리를 쳤는데,
문득 예전에 내가 너에게 울며불며 소리를 치던 때가 떠올랐다.

"널 믿었는데, 어떻게 나에게 이럴 수 있어?"

날 떠난다는 네게
원망하며 소리쳤는데.

지금 생각해보면
난 널 믿는단 이유로,
네가 어디서 무얼 하던 관심을 쏟지 않고 방치했던 것이다.

난 무조건 피해자에
배신당한 비련의 주인공으로 생각했는데….
내게도 책임이 있었다.

익숙함이란 참으로 무섭다.
설렘을 밀어내고 익숙함이 자리하면
관심까지 서서히 도망간다.
소중함까지도.

그때 넌 얼마나 외로웠니?
지금의 나만큼 외로웠을까?

#불행 중 하나

헤어지던 날에도 난 솔직하지 못했다.

다시는 상처를 주지 않겠다고
무릎을 꿇고 빌면서도,
내일 출근할 게 걱정됐고,
당장 오늘 처리해야 하는 일과
혹여나 무릎을 꿇고 있는 내 모습을
다른 사람들이 볼까 걱정됐다.

그리고 같은 일로 상처를 주지 않겠다는
내 말을 지킬 자신도 없었다.

난 당장의 너의 마음을
다시 돌려놓는 게 중요했을 뿐이다.

그러는 내 마음을 들켰는지
한참을 내 눈을 보곤 이런 말을 했다.

"넌 눈물은 흐르는데 눈동자는 그렇지 않네"

그 순간 내 마음을 들킨 것 같아
발가벗겨져 쫓겨난 아이처럼 너무나 창피했다.

그렇게 우린 헤어졌다.

참 안타까운 건,
사람은 뭔가에 집중을 하면서도
동시에 다른 생각을 하게 된다는 것이다.

절대적으로 순수하길 원하는 순간에도
마음에 때가 묻었는지 당시 이익과 손해를 따지며….

사랑에는 때가 묻지 않아야 되는 것도 너무나 잘 아는데,
왜 그렇게 되질 않는 걸까.

알면서도 마음이 그렇게 되지 않는 건
참 불행한 일이다.

사랑은 한 번도
상처받지 않은 것처럼

이별은 단 한 번도
사랑한 적 없었던 것처럼

그렇게 된다면

너무 외로워하지 말자.
또 사랑은 온다.

잊을 수 없는 사람을 잊으려 하지 말고,
과거에 남겨두고
다시 사랑하자.

다 잊고 사랑하기까지
얼마나 기다려야 할지
또 얼마나 아파해야 할지 알 수 없잖아.

다만 우리 하나만 약속하자.

다음 사랑이 오면
상처 따윈 없던 것처럼 사랑하자.
또 그 사람에게 내 상처 따윈 보여주지 말고.

이제는 위로 받는 사랑 말고
위로하는 사랑을 하자.

마지막으로 이제는
상대방보다 날 조금 더 사랑하기.

세상은 지독하게도 빈부격차라는 것을 만들어냈다.
강 하나를 사이에 두고 강남과 강북이 나뉘어 있듯
그와 나 사이도 기름과 물처럼 섞이지 못했다.

감성은 생존의 다음 단계이기 때문에
어릴 적부터 가난했던 나에겐 여유란 없었다.
반대로 부족함 없이 자란
그녀는 감성적이고 여유가 있었다.

부단히 노력한 끝에
그녀와 비슷한 위치에 설 수 있었지만
마음의 가난은 벗을 수 없었다.

쉬면 죄를 짓는 느낌,
뛰지 않으면 뒤처지는 것 같은 조급함과
완벽을 추구하는 성격에
그녀는 지쳤을 것이다.

난 원했다. 그녀가 나처럼 가난해지기를.
그래서 내가 보란 듯이 그녀를 도울 수 있기를.

하지만 그런 일은 없었고 우린 섞이지 못했다.

만약 한강이 다 말라버린다면,
그때는 우리 같이 걸을 수 있을까?

잠시 뒤돌면 사라지는 것, 인연

나만 볼 것 같던,
바보 같은 네가 떠나
난 배신감과 슬픔을 붙들고,
세상에 가장 불행한 나로 한참을 살았다.

이렇게라도 해야
너와의 인연이
붙어 있는 것 같아서.

그녀를 잃는다는 것에
갑자기 공포감이 밀려왔다.
언제나 사과를 하면 받아주는 너였는데,
지금은 너에게서 흐르는 느낌이 달랐다.
마음을 돌리지 못하면,
오늘 우린 정말로 헤어질 것 같았다.

난 어떻게라도
당장 네 마음을 돌리는 게 급해서
무릎을 꿇고 다시 만나 달라 빌었다.

해가 지고
가을 밤공기가 차다는 게 느껴질 즈음
기다렸던 대답이 나왔다.

"알았어. 다시 생각해볼게."

다시 생각해본다는 말에
고맙기보다는 자존심이 조금 상했지만
일단은 여기서 그만해야겠다.

같이 차를 타고 집으로 가는 길에
문득 이런 생각이 들었다.

생각해본다는 건 거절을 할 수도 있다는 것이고,
그렇다면 지금 너의 마음은 거절에 가깝지 않을까?

묻고 싶어 참을 수 없었다.
그만큼 간절했기 때문에.

참았던 입을 열었다.

"아까 생각해 본다는 말… 거절에 가까운 거니?"

말이 끝나지도 않았는데 그녀가 말했다.

"오빤 이게 문제야! 내 마음은 안중에도 없어?
무조건 오빠 마음이 중요해?
내 마음이 정리가 될 때까지 기다려줄 수 없었어?
지금까지 오빠 때문에 상처받은 내 마음이 아물 때까지
기다려 줄 순 없는 거야?

내가 다시 생각해보겠다고 했잖아.
이 상황에서도 이기적이야. 모든 게 그랬어.
늘 혼자 생각하고 오빠 좋은 쪽으로 결정 내리는 거.
이번에도 난 안중에도 없어.

난 지금까지 오로지 따랐어.
단 한번 내 마음이 움직이는 대로 기다려줬어야 했어.
생각해봐. 날 잡으려 하는 게 누굴 위한건지.
마지막으로 기회를 줄게.
내 추억 속에 좋은 기억으로 남고 싶다면.

지금 당장 날 놓아줘."

그녀는 소나기처럼 쏟아 내고 엉엉 울며 떠났다.

나이 차이가 많이 나서,
어린애라 생각했는데,
넌 나보다 어른이었다.

#좋은 기억으로 남는 게 사랑이라면

나에게 너무 잘하던
네가 바람을 피운 적이 있었다.

오랜 시간 나만 사랑했으니,
다른 이성에 대한 호기심이 생길 수도 있겠단 생각이 들어서
쿨하게 잊어버리기로 했는데….

자리를 비우면
전화기를 뒤져보고 싶다는
생각이 들었고,

연락이 되지 않는 날은
불안하고 초조했다.

바람을 피우기 전에는
단 한 번도 이런 적이 없었는데….

나 스스로 상상 속에서 너를
나쁜 사람으로 만들어가고 있었다.

결국 이별을 말했다.

사랑을 하지 않아서가 아니라,
내가 앞으로 그에게 줄 상처가 예상됐기 때문에.

이별로써 난 너와의
사랑을 지켰다 생각한다.

내 울타리

강아지는 산책을 할 때마다
목줄이 끊어져라 달리고 싶어 했다.

하지만 놓으면 달아날까,
혹은 다른 사람을 따라가 버릴까 하는
마음에 목줄을 놓지 못하고
불편한 마음으로 산책을 했다.

집에 들어와서야
미안한 마음에
목줄을 풀며 말했다.

"자, 이제 자유다! 뛰어놀아라!"

짧았던 외출에 시무룩한 강아지를 보고,
문득 이런 생각이 들었다.

작은 방 안 내 울타리 안에서 주는 것으로
과연 자유를 주었다고 할 수 있을까?

이제껏 나는 사랑을 할 때
내 울타리 안에서 자유를 줘놓고
"난 너에게 자유를 줬어."라고 했던 것 같다.

정작 네가 내 울타리를
벗어나면 불안해서
안절부절 못했었는데.

혼자 쿨한 척하고 있었구나.

그에게로
데려가줘

비가 오면 단골로 나오는
처마 밑은 사라졌지만,

비가 전선과 부딪치고
창문과 부딪치고
아스팔트에 부딪치면서
계속 나에게 그 사람을
생각하라 아우성이다.

끈질기게 밀어내다
어느 순간 나도 모르게
책상 앞에 턱을 괴곤
그 사람 생각에 빠져든다.

지금쯤 결혼은 했을까?
결혼을 했다면 아이는?
그를 닮았으려나?

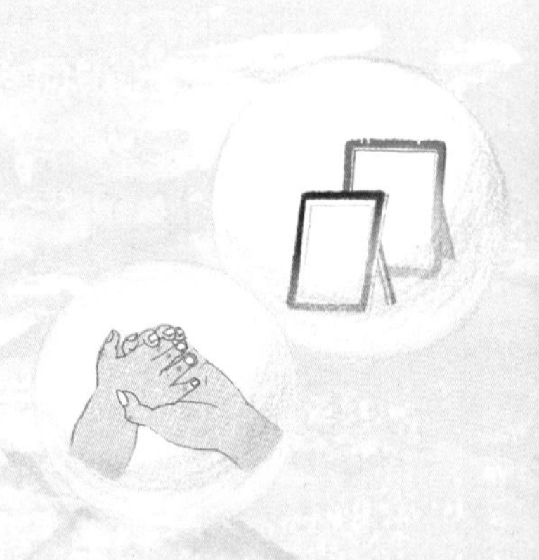

예전엔 비가 그 사람을 데려오면,
나를 떠나 잘 살고 있나?
아직도 아파하려나?
옆에 누군가 있을까?
하는 생각을 했는데….

생각도 나이를 먹어가는구나.

다음에 비가 또 그를 데려오면,
어떤 생각을 하게 될까?

계속 생각이 나는 건 괴롭지만,
잠시나마 그때로 돌아가는 건
낭만적인 것 같다.

비야, 또 데려와라.

나를 위로하는 방식

3년 전 그날처럼 비가 왔다.

창문을 부딪치는 빗줄기는
나를 공격하려 날아온 총알 같았다.

난 태연하게 창문을 바라보며 커피를 마시고
집 안의 가구마냥 의미 없이
날 찾아올 주인을 기다리고 있었다.

아니나 다를까,
여자친구는 연락이 되지 않는
내가 걱정돼 찾아왔다.

현관문이 사정없이 열리더니
투덜거리며 들어와서는
한 꾸러미 싸온 음식들을 풀어헤치며 요리를 했다.

역시 작년과 같은 오늘이 오면 질투 어린 모습으로
'질투 조금, 미움 조금, 애정 조금'으로
간을 한 요리로 날 위로한다.

그렇다.
오늘은 3년 전 옛사랑이 하늘로 떠난 날이고 그날도 비가 왔다.
상처가 깊게 난 내 가슴의 구멍엔
지금은 다른 사람이 들어와 있다.

난 커피잔을 창틀에 놓고
요리를 하는 그녀의 등에 머리를 기대고 눈물을 묻혔다.

세상 모든 사람이 서로가 첫사랑이긴 힘들다.
그러니 우리는 서로의 가슴에 묻힌 사랑의 상처를
'질투 조금, 미움 조금, 애정 조금'을 이용해서
치유해줘야 한다.

그래야 지금 하는 사랑이 이루어지지 않아도
다음 사람이 나를 치유해줄 수 있도록.

우린 헤어지게 되면
주변 사람들에게 헤어진 그 사람을 욕하기 시작한다.
그와 헤어진 일을 잘한 일이라 확인받기 위해.

친구들에게 그의 사소한 단점까지 하나하나
꺼내서 욕하다 보면,
그 순간은
"그래! 내가 헤어지길 정말 잘했어!"라는 생각이 들지만,

우린 알고 있다.
텅 빈 방안에 누워 또 눈물을 흘릴 거란 걸.

우린 살면서 큰일을 결심하면 후회하지 않기 위해
내가 잘했는지 주변에 확인받길 원한다.

그래야 '내가 잘했구나. 잘하고 있구나'라고
안심할 수 있기에.
하지만 그런 행동을 하는 건
사실 자신의 결심이 마음에 들지 않기 때문에 하는 행동이다.

한마디로 마음이 시키지 않은 일을
머리로 하고 있는 것이다.

거짓된 마음으로 삶을 사는 건 진짜 삶이 아니다.

안정된 직장을 꿈이라 생각하며 살고,
하고 싶지만 그건 철없는 행동이라 억누르며,
싫지만 마음에도 없는 거짓 웃음을 짓고 산다.

사회는 어쩔 수 없지만
사랑에서 만큼은 그러지 말자.
마음이 시키는 대로 하자.

더 늦기 전에 지금 달려가서
다시 사랑하자고 말해.

네 작은 키 때문에
헤어진 것이 아니다.
나를 콤플렉스까지 이해하는
착한 사람으로 만들었기 때문이다.

날 엄마로 만드는 남자

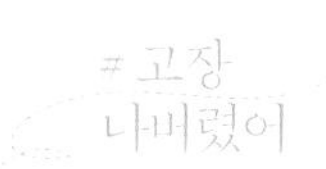

너와 헤어지고 지독하게 잘 살아
복수하겠다고 마음먹었다.

난 더 좋은 사람을 만나면
멋진 복수가 될 거라 믿고,
네가 나를 잊기 전에
좋은 사람을 만나
멋지게 복수하고 싶었다.

그러다 보니 어느덧 주변에선
난 여자 없이 못 사는 남자로
소문이 나 있더라.

결과적으로 이런 내 복수는,
복수는커녕 상처와 집착만 늘어났다.

복수는 남을 사랑해서 되는 게 아니라
나 자신을 사랑하면 되는 것이었는데.

난 이미 마약 같은 사랑에 익숙해져버려
사랑받지 않고는 외로움을 버티지 못하도록
고장나버렸다.

변명 같지만 난 여자를 원하는 게 아니라,
외로움을 버티지 못하는 것이라 말하고 싶다.

가장 흔한 이별

너와 헤어지던 순간에,
첫 만남의 부끄럽던 그 순간처럼
너의 눈을 보기가
왜 그렇게 힘들었을까?

다른 사람을 사랑하게 되어서도 아닌데….
단지 너와 나라는 두 호수 중
내 쪽이 조금 더 빨리 말랐을 뿐인데….

왜 나는 좀 더 당당하게 널 바라보지 못했을까.

시간이 한참 흘러 사람들이
북적이는 거리에서 너를 봤는데
난 죄인마냥 뒤돌아서 반대로 걸었지.

난 너로 설레고
네 생각으로만 가득하던 시절이
사무치게 그립지만
돌아가고 싶지는 않다.

왜 그러지?
왜 행복했지만 돌아가고 싶진 않을까.

그래.
이게 사람들의 가장 평범한 연애지.

오래된 연인의 이별

오래 사귄 연인이 헤어질 때는
짧게 사귄 연인보다
더 차갑고 냉정해진다.

헤어지는 이유도 어떤 사건 때문이 아니라
상대방의 삶의 가치관 때문이다.

예를 들어
나는 자유로운 삶을 원하는데
그 사람은 안정적인 삶을 찾는다든가 같은….

결혼하면 한 사람이 끝까지 참아야 한다는
생각이 드는 순간
이별을 결심한다.

사랑한다면 늘 변화해야 한다.

네가 나에게 헤어지자 말을 하는 순간,
난 자존심이 상해서
"그래, 잘 생각했어! 먼저 말해줘서 고맙다!"라고 했다.

친구들을 만나
너를 한껏 욕하고 집으로 돌아가는 길,
넌 지금 어떤지 너무 궁금했지만
내 자존심이 허락하지 않았다.

난 너를 노예 부리듯 내 손과 발로 만들어
내가 하고 싶은 대로 주물렀다.

그래도 되는 줄 알았고
넌 날 떠나지 않을 걸 아니까.

예상을 깨고 3일이 지나도 연락이 오지 않았다.

갑자기 너를 잃을 것 같다는 생각과
다시는 내게 그런 사랑을 주는 사람을
못 만날 것 같은 생각에 먼저 연락을 했다.

"잘 지내?"라고 문자를 보낸 뒤
돌아온 답장에 더 이상 답을 할 수 없었다.

"난 너의 겉모습을 좋아한 거야,
나나 너나 똑같은 속물이야."

본심

삶의 잔혹함 중 하나는,
우리가 사랑하는 모든 것에
마지막을 예견해주지 않는다는 것이다.

비가 오는 밤 전화가 왔다.
그녀가 세상을 떠났다고.

나와 헤어지고 잘 사는
너를 미워하고 있었는데.

네가 떠나고
밀려오는 죄책감과 후회로
참 많이 울었다.

그녀에게 남은
수많은 후회 중에 가장 큰 하나는
그녀의 마지막 기억에
날 좋은 모습으로
남기지 못했단 것이다.

그녀를 마지막으로 만났던 그날,
난 솔직했어야 했다.

사실 널 미워하지 않는다.
아직도 사랑한다 말했어야 했다.
그 한마디 전하지 못해
평생을 후회 속에 산다.

그러니 나처럼 후회하지 말고 지금 말해야 한다.
사실은 미워하지 않는다고.

#이건 내 이야기

시간이 훌쩍 지나 널 봤는데
무엇 때문에
우리가 헤어졌는지 생각이 나질 않더라.

무엇 때문에 우리가 헤어진 걸까?

지난 일들을 생각하면 할수록
내가 얼마나 이기적이었고
널 힘들게 했는지 알 수 있었다.

결국 내가 떠나게 했던 것이다.

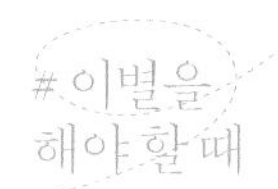

차라리 네가 바람을 피워서 먼저 떠났으면 했다.

난 먼저 헤어질 용기가 없어서
시간이 흘러가는 대로 우리를 방치해버리면
서로 죽일 듯이 싸우면서도,
결국 우리는 나이를 먹어
결혼을 하고 아이를 낳고 살 것 같았다.

너를 아직도 사랑하지만
그렇다고 이렇게 사는 건,
자식 때문에 살고 있는
부모님과 너무 닮았다.

네가 떠나
길을 잃은 나에게
비가 와서 말했다.

바다에게
돌아갈 거라고.

나도 너에게
돌아가련다.

내가 있던 곳으로